Anaïs Ziakovic

Pêche Aubergine

Fayard

ISBN : 978-2-213-72777-6
Dépôt légal : octobre 2024

« Je regrette l'époque où PCR voulait dire
plan cul régulier. »
Sara Connard

« Vint un temps où le risque de rester à l'étroit
dans un bourgeon était plus douloureux
que le risque d'éclore. »
Anaïs Nin

Note

Les titres des chapitres de ce roman s'inspirent du *Kama Sutra illustré*.

PARTIE I

L'étoile de mer

« Benjamin n'est pas avec toi ? Ça fait longtemps qu'on ne l'a pas vu. »

Sophia, silencieuse, scrute la main en pâte à sel qui décore le mur. Sa petite main, moulée autrefois sous la houlette d'une instit de grande section et figée pour l'éternité dans un geste péremptoire, comme on arrête une voiture, geste qu'elle aimerait reproduire à cet instant pour contrer les assauts maternels : « Pourquoi il n'est pas venu ? Tout va bien au moins ? »

L'objet pend à un clou, entre le porte-torchons et le calendrier des PTT, que son père s'obstine à appeler ainsi même si le nom a changé en 91. C'est à peu près à la même époque qu'il a exposé dans la cuisine familiale cette décoration, l'équivalent d'une étoile sur Hollywood Boulevard pour lui qui a très tôt vu en sa fille la relève du septième art. Il a toujours cru en elle – même lors de sa prestation en demi-teinte dans le rôle du palmipède dans l'adaptation de *Pierre et le Loup,* montée par sa maîtresse de CE1. Un public féru de festivals off aurait pu saisir la portée de son interprétation, mais, à la salle des fêtes de son petit village du Jura, on était plus branché *Danse des canards* que Prokofiev. Sophia était prédestinée au fiasco : sa carrière d'actrice avait commencé sur un loupé.

Née avec des yeux violets, ses parents étaient convenus de la prénommer Elizabeth. Comme Elizabeth Taylor. À la mairie, sous le coup de l'émotion, le jeune papa s'était emmêlé les pinceaux. Liz Taylor, Sophia Loren, allez faire la différence. Quand il s'était rendu compte de sa bourde, il était trop tard pour modifier l'état civil et Sophia s'était donc appelée Sophia. À choisir, elle aurait préféré qu'il confonde avec Romy Schneider. Sa mère, elle, n'avait pas ri. Avec les années, elle s'est accommodée à ce prénom. Ce n'est pas si mal, Sophia. Depuis, lorsqu'elle raconte l'anecdote à chaque déjeuner dominical – bien que les convives en soient les principaux protagonistes –, elle relativise la gravité du cafouillage : « Ça aurait pu être pire, elle aurait pu se retrouver avec un nom tiré de Dallas. »

Aujourd'hui, au déjeuner, c'est un autre prénom que sa mère répète en boucle : Benjamin.

— On ne l'a pas revu depuis la Chandeleur…

— L'Épiphanie, Odile ! corrige son père, je m'en souviens très bien : il avait eu la fève.

Lucide sur ses talents de comédienne, Sophia renonce à mentir plus longtemps :

— Ben et moi, on s'est séparés.

— C'est pas vrai ! s'horrifie Odile. Mais enfin, que s'est-il passé ?

Sophia savait bien que ses parents finiraient par se douter de quelque chose. Des mois qu'elle leur cache la rupture. C'est déjà miraculeux de les avoir dupés si longtemps. Elle compte les grains de riz servis avec la blanquette, évite le regard de sa mère, humide et accusateur. Les hommes, c'est comme le potage : ça se garde au chaud. Il ne faut jamais rien prendre pour acquis dans la vie, ma Sophia, je te l'ai toujours dit. Elle ne va pas jusqu'à lui demander ce qu'elle a bien pu faire pour qu'il se tire, mais ses soupirs sont éloquents. Dix ans qu'ils étaient ensemble, les jeunes, Odile était en droit de s'attendre à un petit-fils. Elle en avait rêvé, de cet enfant, un petit Marius ou une petite Léonie, et en second prénom, le sien accolé à celui de la mère de Ben, Christine. Elle l'avait imaginé, ce coquillage bleu, à la fois bac à sable et pataugeoire, présenté en tête de gondole dans les supermarchés dès le mois de mai ; les journées à éplucher le catalogue Phildar et les soirées à tricoter devant *Top chef,* les premières glaces, les tours de manège et les disputes autour d'une partie de Uno pour savoir si, oui ou non, on additionne les cartes de pénalités.

Henri Mornay tend un sopalin à son épouse, l'air contrit.

— Je ne pensais pas que ça vous affecterait autant..., bredouille Sophia.

Odile renifle. Elle aimait Benjamin comme un fils, mais, plus que tout, elle chérissait ses spermatozoïdes. Au-delà d'un gendre, elle venait de perdre un petit-enfant.

— Vous êtes assez grands pour savoir ce que vous faites... mais ton père et moi ne sommes pas éternels.

La main sur celle de sa fille, elle ajoute :

— Plus tu tardes à faire un bébé, moins nous en profiterons.

Sophia déglutit. Sa mère se lève pour aller chercher le dessert. Son père en profite pour la sermonner à voix basse :

— Tu choisis mal ton moment...

Sophia a vu le calendrier en entrant. À côté de la création en pâte à sel, il est écrit en rouge à la date de mercredi : « Benayoum ». Docteur Benayoum, c'est l'oncologue qui suit sa mère. Rémission. Le mot a été lâché à la fin du mois de novembre, mais depuis personne n'ose y croire. Et Odile moins qu'une autre. À l'approche de chaque rendez-vous, l'angoisse revient à pas feutrés se tapir entre les pages de son magazine, sous la toile du bain de soleil de la terrasse, dans les fondus au noir du feuilleton de l'après-midi. Les analyses sont-elles bonnes ? Qu'en est-il des marqueurs ?

Odile Mornay reparaît avec le gâteau, qu'elle n'est pas près de faire déguster à sa descendance. Ses yeux, plus rouges que le coulis de fruits qui recouvre l'entremets, la trahissent : elle a pleuré dans le frigo. Sophia ne peut le supporter.

— C'est moi qui suis partie…, improvise-t-elle. Pour un autre.

À ces mots, sa mère retrouve le sourire. Alors Sophia en rajoute : bientôt un week-end à Venise, peut-être Rome ou Prague pour les ponts de mai, on hésite encore ; les petites attentions, la magie des débuts, les croissants du matin, les fleurs au bureau, le tiroir qu'il a vidé pour qu'elle y installe ses affaires, le double de ses clés qu'elle lui a confié en échange, les appartements qu'ils commençaient à visiter – Odile et Henri se porteraient-ils caution si les tourtereaux décidaient d'agrandir leur nid ?

— C'est merveilleux, ma chérie ! applaudit Odile. Quand est-ce que tu nous l'amènes ? Invite-le donc pour Noël !

Et merde ! Sophia ne s'attendait pas à un tel revirement. Sur le mur, le calendrier la nargue. Deux mois. Elle a deux mois pour réifier son mensonge.

*

Ils s'étaient séparés pour la première fois en 2020. L'année avait mal commencé. Sophia aurait dû y voir un signe avant-coureur. Quelques jours avant le Nouvel An, des amis avaient lancé : « Et si on partait à Val-d'Isère pour le réveillon ? » Sophia et Benjamin avaient pété leur PEL pour ce petit studio à la propreté douteuse et au grille-pain défectueux, situé au sixième étage d'une résidence d'appart-hôtel, qui ne paraît pas si éloignée des pistes quand on fait le trajet sans skis à l'épaule et sans chaussures de location aux pieds. Les amis en question leur avaient fait faux bond. Au dernier moment. Benji n'avait rien dit, comme d'habitude : « Une fête à Paris ? OK, je comprends… » Avis à toutes les personnes qui posent des cannes à pêche au début du mois de décembre et choisissent l'invitation la plus alléchante le 31 à 14 heures : on sait qui vous êtes, on a votre adresse. Sophia et Benjamin s'étaient retrouvés en tête-à-tête pour la Saint-Sylvestre. Plantés comme de vulgaires bâtons devant un restaurant d'altitude. À boire pour combler les blancs, un vin de la même couleur. À minuit, Sophia avait tout juste eu le temps de souhaiter une « bonne année » à Benji avant qu'il ne lui tourne le dos et que ses ronflements ne couvrent l'enthousiasme des fêtards dans la rue. Elle s'était enroulée dans la couette comme un tacos. Un tacos en pyjama pilou. À 00 h 03, ils dormaient déjà. Trop de vin, pas assez d'ambiance ? Une raclette trop lourde ? Son traitement pour la fertilité peut-être ? Ne jamais mélanger alcool et médicaments – l'accord mets-vin est un travail d'initié, n'est pas sommelier qui veut.

Le lendemain, à 9 heures tapantes, ils s'attablaient, frais et reposés, d'attaque pour une dernière descente avant de remonter par l'A6. Le café fumait dans les tasses. La Juvamine frétillait dans les verres à moutarde avec autant de vigueur que le jacuzzi qui faisait cruellement défaut à cet établissement. La miche de pain encombrait la petite table. Miel de montagne et confiture de myrtilles se tenaient prêts à satisfaire la gourmandise du couple, bien matinal, qui ne semblait pas remarquer que les tartines étaient déjà carbonisées. Depuis le début du séjour, chaque matin, c'était le même cirque. Ils se relayaient pour éjecter les tartines du grille-pain, dont le mécanisme était cassé. Mais, en ce 1er janvier 2020, ils sont si absorbés par leurs smartphones – l'une captivée par le récit de l'évasion de Carlos Ghosn, l'autre par la rétrospective sportive de L'Équipe.fr – qu'ils en oublient la dernière fournée. Sophia est la première à sentir l'odeur de cramé qui s'échappe de la kitchenette. Elle se précipite, débranche le foutu appareil. Trop tard. Une épaisse fumée envahit le studio. Benji ouvre la fenêtre, évente de son mieux avec les coussins à motifs montagnards constellés de taches suspectes et de trous de cigarettes. Ils fixent tour à tour l'épais nuage qui se déplace et le détecteur de fumée. Ils retiennent leur souffle, comme on frôle un iceberg. Pas de bol. La sonnerie retentit. Une sirène atroce, à vous faire avouer des crimes que vous n'avez pas commis juste pour qu'elle cesse. Sophia entrebâille la porte pour faire courant d'air. Bien joué ! Benji lui lance un regard admiratif, complice même, le premier depuis des semaines. Mauvais calcul. La fumée se répand dans le couloir jusqu'à déclencher l'alarme générale du complexe hôtelier.

— Merde ! Merde ! Merde !

Sophia est si tendue que les poils de son pyjama en pilou se hérissent presque.

— Ferme la porte, sinon tout le monde saura que ça vient de chez nous ! braille Benjamin, qui se perche sur l'une des chaises pliantes pour désactiver le boîtier.

Vain effort : il est trop petit pour atteindre le plafond. Ben redescend avant que le siège bancal ne se referme sous son poids – ce serait quand même con de se faire les croisés maintenant. Il imagine d'ici le retour au bureau, plâtré : « Piste noire ? — Non, *Gunde* blanche, le modèle premier prix chez Ikea. »

Sophia dégaine son portable. Prévenir la réception de toute urgence. Sans quoi les pompiers vont se déplacer pour rien. Personne ne décroche. Le réceptionniste, comme le reste des résidents, doit être en train de cuver les excès du réveillon. « Vas-y, toi ! » supplie-t-elle. Benjamin, qui est déjà habillé, et le regrette à cet instant, traîne des pieds jusqu'à l'ascenseur. Quelques minutes plus tard, Sophia le voit revenir au pas de course. Il claque la porte, la verrouille à double tour, se calfeutre presque.

— Alors, c'est réglé ? hurle-t-elle pour se faire entendre. Tu leur as dit ?

Benji désigne de la tête la fenêtre, les mains en porte-voix.

— Impossible. Je me serais fait lyncher…

Sophia s'approche et recule aussitôt. En contrebas, deux cents personnes en Moon Boots et gueule de bois s'alignent dans la neige. Tout le monde a évacué. Il est tout juste 9 heures. Ceux qui l'ont fêté comme il se doit, ce Nouvel An, grelottent, emmitouflés dans leur anorak. Sous leurs yeux, des valises remplacent celles qu'ils n'ont pas eu le temps de boucler avant d'être exfiltrés. Sophia tire les rideaux. Crier maintenant à la fausse alerte serait du suicide. Pas besoin d'être Élizabeth Tessier pour prédire, au regard de cet incident, une année apocalyptique. La maison brûle. Tout fout le camp. À commencer par Benji.

*

— Je ne veux pas d'enfants.

Elle lâche cette bombe entre la brioche et le granola, un matin de la deuxième semaine de confinement, en décompte calendaire. En date ressentie, on est plutôt en 8000 après J-C. Benjamin manque de s'étrangler avec une baie de goji. De la pulpe de l'index, Sophia collecte les miettes sur la table :

— J'ai bien réfléchi, j'en ai marre de tout ça...

Benjamin tente une approche façon négociateur du RAID. Si par *tout ça*, elle se réfère aux piqûres, ils peuvent interrompre le traitement, et voir *plus tard*. Sophia secoue la tête. Ce ne sont pas seulement les injections de gonadotrophines, le problème, c'est toute cette merde. Ben la regarde sans comprendre.

— Le Covid, Daesh, la catastrophe climatique, tu as vraiment envie de faire un gosse dans ce merdier, toi ?

Benji souffle :

— T'es vraiment badante quand tu t'y mets.

— Les pangolins, sérieusement ? Ce sera quoi la prochaine fois ! La planète crame et personne n'en a rien à foutre.

Il tente de la raisonner. C'est l'enfermement qui la déprime. Tout ira mieux dans quelque temps. Au fond, c'est lui qu'il cherche à rassurer. Il sait bien que tous les couples ont une date de péremption et que ce confinement ne fait qu'en avancer l'échéance. Le regard triste, il écoute sa diatribe. La moitié de la planète va finir sous l'eau. Avec l'afflux des réfugiés climatiques, il n'y aura bientôt plus assez à manger pour tout le monde, sans parler du manque d'espace. Les gens vont s'entretuer. Ce sera un carnage. Un jour, il faudra rendre des comptes : nos enfants vont nous haïr. On va tous finir à bouffer des sauterelles, tout ça parce que les Ricains ne sont pas foutus de se contenter d'un steak par semaine ! L'espèce humaine, qui a construit des cathédrales, a inventé l'écriture, est allée sur la Lune ; l'espèce humaine, qui a engendré Léonard de Vinci et lu Descartes, va clamser parce que les vaches pètent trop ?! Tu la vois, l'absurdité, Benji, tu la vois ?

Oui, il la voit bien : Et toi, tu fais quoi pour la planète ? On en parle, des litrons de fond de teint que tu te tartines sur la tronche ? Ils finissent où, les tubes, à ton avis ? Dans la mer. Ne va pas sur ce terrain-là, Benji. Me parler de zéro déchet, à moi ? Moi qui épingle sur Pinterest toutes les recettes de lessive maison du web ? Comment oses-tu ?

Benjamin explose :

— Tu nous casses les couilles avec l'écologie, mais la vérité c'est que tu ne penses qu'à ton cul !

Touché. Il est vrai que Sophia, au-delà d'un cataclysme planétaire, redoute par-dessus tout de voir ses hanches s'élargir en même temps que sa charge mentale sous l'effet de la maternité. Pourtant, elle n'en démord pas :

— C'est toi qui es égoïste ! Pire qu'un boomer.

Et ça, c'est l'insulte suprême. Le point Godwin de tous les débats depuis l'avènement de Greta Thunberg. Ben accuse le coup. Dans sa gorge, sa pomme d'Adam joue au bilboquet :

— J'aurais des enfants, avec ou sans toi.

Sophia s'avachit. Elle détourne le regard, dissimule ses larmes. À supposer que l'instinct maternel existe, elle n'est pas sûre d'avoir un jour été frappée par la grâce. Sophia s'était laissé convaincre de fonder une famille parce que c'était *la suite logique*. On avait sauté l'étape du mariage, aucun des deux n'y croyait vraiment, et le prix des cérémonies de nos jours donnait à réfléchir. Le couple avait préféré garder son maigre pécule pour constituer un futur apport – pour l'instant on n'avait même pas de quoi s'offrir une cave ou un parking en proche banlieue. Après dix-huit mois de coïts infructueux, on s'était résigné à consulter. « Infertilité idiopathique », avaient statué les médecins. En d'autres termes, l'infécondité restait inexpliquée, le couple n'était pas stérile et le traitement avait autant de chances de fonctionner que d'échouer. « Et sinon, vous avez pensé à la piste psy ? »

Sophia en avait marre. Elle était déjà celle qui se tapait les piqûres, la rétention d'eau et les sautes d'humeur, celle sur qui reposait la pression de toute cette opération, elle n'allait pas en prime s'allonger une fois par semaine sur un divan pour raconter son enfance en chef-lieu de canton dans une famille surprotectrice à un inconnu qui ponctionnerait son budget vacances en dépassement d'honoraires.

Elle évite le regard de Ben. Sur le frigo, une photo d'eux à leur rencontre. Ils avaient vingt ans. Fraîchement débarqués à la capitale, ils n'étaient encore que deux étudiants provinciaux et idéalistes. Dix ans à Paris, dix ans de *bullshit jobs,* de canicule, de plan Vigipirate, avaient eu raison de ces Rastignac. Une flippée de la vie shootée aux tisanes à base de plantes et un climatosceptique, qui ne faisaient plus l'amour par désir, mais parce qu'une app de monitoring avait calculé que c'était le bon moment, voilà ce qu'ils étaient devenus.

Elle n'a pas cherché à le retenir. Elle l'a regardé entasser ses affaires à la hâte dans un sac de sport. « Je viendrai prendre le reste plus tard. » Tout juste a-t-elle réussi à bredouiller : « Mais quel motif tu vas cocher sur ton attestation ? »

*

Elle a passé deux mois dans 20 m², livrée à sa solitude. Elle s'acquittait désormais seule du loyer, sans pouvoir s'ouvrir de ses difficultés à ses parents. Deux mois à picoler plus que de raison. Deux mois, vautrée sur son balcon, à blaguer sur Skype pour masquer son mal-être. « Par les temps qui courent, la fellation, c'est moins risqué que de faire la bise ! » avait-elle balancé un soir pour faire marrer les potes, avant de remarquer que le voisin s'en grillait une à la fenêtre et de comprendre à son regard qu'il avait tout entendu. Deux mois en chômage partiel à se faire martyriser par sa boss. Deux mois sur Instagram pour tuer le temps. Mais, dans le fond, qu'est-ce qu'elle en avait à foutre que Lady Gaga lui apprenne à faire du pâté de tête et Cyril Lignac des étoiles de mer en chutes de rouleaux de PQ (à moins que ce ne soit l'inverse) ? Chez elle, il n'y a qu'une plaque électrique, noire et vintage comme un vinyle, en chômage partiel elle aussi, et une bouilloire grâce à laquelle elle réhydrate *noodles* et soupes en sachet.

Ils avaient fini par se rabibocher, puis par se séparer définitivement quelques mois plus tard, et Sophia avait épargné à sa mère, fragile, l'autopsie de sa relation sentimentale.

Voilà comment elle se retrouve, par ce week-end d'octobre 2021, célibataire, honteuse et déprimée, attablée entre ses deux parents dans la cuisine de son enfance.

— C'est merveilleux, ma chérie ! Quand est-ce que tu nous l'amènes ? Invite-le donc pour Noël !

Face à elle, moulée dans de la pâte à sel, la seule distinction qu'elle n'obtiendrait jamais pour un rôle de composition.

— Ben oui, tiens, c'est une bonne idée.

La grenouille à la nage

Le dimanche soir, son père la raccompagne à la gare. Il n'y a pas grand monde à cette heure sur la route de Morez. Elle pourrait tout lui dire. Il est encore temps de rattraper le coup. « Papa, je suis désolée, j'ai menti… » Elle pourrait lui avouer qu'elle a passé le confinement seule à déprimer, que rien ne va, ni son travail, ni son appartement qui se délite sans que la propriétaire daigne débourser le moindre centime pour le remettre aux normes. Il comprendrait sans doute qu'elle cherche à ménager sa mère. Peut-être lui en serait-il même reconnaissant ? Pourtant, elle ne dit rien. Si elle ouvre la bouche, ce qui va en sortir ressemblera à du France Gall ou du Souchon. *Si maman, si. Allo maman bobo*. Inutile de l'inquiéter. Son père n'a pas besoin de ça.

Durant près d'un an, il a tout porté, tout supporté, sans jamais se plaindre. Il a feint de ne pas remarquer les sautes d'humeur de son épouse, plus nombreuses, et ses cheveux plus clairsemés, qu'il ramassait un peu partout dans la maison quand elle avait le dos tourné. Il l'a conduite à l'hôpital toutes les trois semaines, veillant à ce qu'elle le suive, ce traitement qui la rendait plus malade que la maladie. À qui peut-il se confier, lui ? Qui l'écoute ? Qui est prêt à entendre les doutes que musellent ses sourires ? Les cachets planqués dans sa table de chevet font taire ses angoisses la nuit : « J'ai peur que ta mère nous quitte. » Il donne le change, attend que la rémission devienne guérison. Sophia décide d'en faire autant.

Le train entre en gare. Elle serre fort son père dans ses bras. Il est de ces silences tacites qui réconfortent mieux que des mots. Sophia trouve sa place. Son sac repose à ses pieds. À travers la vitre où des doigts d'enfant ont tracé un soleil, elle lui fait signe. Le jingle de la SNCF résonne. Sophia, absorbée par son smartphone, n'écoute pas les annonces du chef de bord. À l'écran, une collection d'app de *dating* dont les logos colorés s'alignent comme jadis les classiques dans une bibliothèque. Malgré une 3G capricieuse, elle parvient à mener plusieurs discussions de front avec de parfaits inconnus. Si l'on excepte les deux verges qui ont pris la pose près d'une télécommande et d'une bombe de mousse à raser dans un souci d'échelle, la pêche du jour est plutôt bonne. Certains types sont même amusants. Ces galanteries égaient le trajet. Tout juste remarque-t-elle les chiards qui se disputent dans le carré famille. L'odeur de salami du casse-croûte de son voisin l'incommode à peine. Sur WhatsApp, dans la conversation qu'elle entretient avec d'anciens camarades de promo devenus ses meilleurs amis, conversation renommée de fait « Les meilleurs », elle a quarante-deux messages de retard. Chacun raconte son week-end. Sophia y va de son anecdote :

« Je suis dans la merde. J'ai deux mois pour trouver un mec. »

« WTF ???!!!! »

Mèmes et émojis fusent. Les « Meilleurs » sont unanimes : si elle veut être accompagnée à Noël, il va falloir passer la seconde. Opérer avec minutie. Évincer les bellâtres bodybuildés, les portraits à contre-jour et les descriptions trop directes : « recherche relation pas prise de tête ». Ce qu'elle a à offrir, elle, c'est un Noël en famille au fin fond du Jura. Dans le genre « pas prise de tête », on repassera. Elle change de train à Lons-le-Saunier. Jamais correspondance ne fut plus efficace. Aux cinq spécimens sélectionnés sur des critères bien précis – un minimum de conversation et l'air à peu près normal – elle copie-colle le même message :

« Dispo cette semaine ? »

*

Lundi, 18 h 30, jardin du Palais-Royal. Le sécateur du jardinier, précis, mange les buis. Le son des lames se mêle aux rires des enfants qui jouent à saute-mouton sur les colonnes de Buren toutes proches. Chaque main est prolongée d'un gobelet Café Kitsuné ou d'une boule de pétanque. Sophia fait mine de suivre la partie qui s'organise entre les bancs.

« Tu es où ? » envoie-t-elle à son premier rendez-vous de la semaine.

« Sous le soleil. »

Ça commence bien. Ses yeux partout le cherchent. Elle guide par SMS le jeune homme qui semble désorienté, finit par lui envoyer ses coordonnées GPS. Quand ils se rejoignent enfin, Sophia remarque la valise qu'il tente de dissimuler. Jamais, lors de leurs échanges, il n'avait évoqué un voyage ou un déplacement.

— Tu rentres de week-end ?

— En fait, je n'habite pas Paris même…

— C'est-à-dire ?

— Rouen.

Le jeune homme s'embourbe dans des explications sinueuses. Sophia comprend qu'il a un dîner prévu avec des potes parisiens ce soir. Peut-être pourrait-il déposer ses affaires chez elle avant d'aller au resto et la retrouver plus tard dans la soirée ? Sophia interrompt ses circonlocutions :

— Tu cherches un AirBnb, en fait ?

Des squatteurs de Tinder, elle en a déjà croisé. *J'irai dormir chez vous*, version X. Pourquoi payer une nuit d'hôtel quand on peut se faire héberger gratis et pomper en sus ? Elle écoute d'une oreille distraite ses boniments. « Pas du tout ! Que vas-tu imaginer là ? » Le charme est rompu. Ce pauvre garçon pourrait être médaillé Fields, mannequin Abercrombie, pompier volontaire, bénévole auprès des enfants malades, Thomas Pesquet même, qu'elle lui trouverait tous les défauts du monde. Elle guette le moment où il sera socialement acceptable de prendre congé sans paraître grossière, et lui claque la bise.

— Et du coup, pour ma valise, on fait comment ?

— Ben, on fait pas.

Mardi. Restaurant du 9e arrondissement. Un italien à la déco scandinave qui propose une formule tapas – l'espace Schengen version bistronomique. C'est ici qu'elle retrouve Romain, séduisant, cultivé et surtout ponctuel. Son humour est délicieux, le vin aussi. Après quelques mini-assiettes à partager – un scientifique rigoureux préférerait le préfixe « nano » – vendues au prix d'un homard bleu et sa royale de foie gras, elle lui pose la question fatidique :

— C'est quoi le truc le plus dingue que tu aies fait dans ta vie ?

Les gens normaux confessent avoir porté un jean au bureau en dehors du *casual Friday*. Ou éventuellement avoir fait le mur ado et s'être retrouvé dans un squat, entouré de junkies qui se tatouent à la chaîne dans des conditions d'hygiène sommaires. Pas Romain.

— J'étais jeune... C'était le réveillon, j'avais trop bu, rougit-il, j'ai vomi dans le sac d'une nana en boîte.

Sophia cesse de rire. Tout lui revient. Les Planches, ce samedi maudit – ou plutôt ce dimanche matin. La sensation visqueuse, inhabituelle, sous ses doigts. Sa main, couverte de dégueulis. La puanteur. Ce sac qu'elle tient de sa grand-mère et qui, longtemps, a porté les stigmates de sa rencontre avec un ivrogne. Les taxis qui refusaient de la véhiculer, de crainte qu'elle ne s'oublie à nouveau sur la banquette. « Mais puisque je vous dis que ce n'est pas moi qui ai vomi ! » – ce qui restait le meilleur moyen de les persuader du contraire. Et son retour en talons dans la neige.

Elle se lève sans un mot, enfile son trench. Romain regarde son rencard lui fausser compagnie :

— J'ai dit quelque chose qui ne fallait pas ?

Il tente de la rattraper, exige une explication. Ses yeux se posent sur le petit sac matelassé à chaîne dorée qu'elle porte à l'épaule. Il s'arrête net – ce n'est pas tous les jours qu'on dégueule dans du Chanel :

— C'était le tien ?

Mercredi. Un appartement du 15e arrondissement. Passer la soirée chez un inconnu lui a d'abord paru ambitieux, pour ne pas dire flippant, mais la date de son dernier rapport a eu raison de la paranoïa de Sophia. Ce qui est pris n'est plus à prendre. Forte de cette maxime, et d'une boîte de Manix Skyn, elle a retrouvé le troisième homme de sa sélection chez lui.

Stéphane est rasé de près, bosse dans la fonction publique et vient d'être tonton. L'apéro dérape vite et sa bouche charnue aussi. Paupières closes, Sophia s'abandonne. Au creux de son aisselle, un contact humide et moite. Une truffe ? Le type a un chien ? Elle ouvre les yeux à la recherche du canidé dont elle n'avait pas remarqué la présence jusqu'alors. Pas de toutou à l'horizon, hormis son hôte recroquevillé, qui lèche goulûment la surface d'épiderme qu'un laser a rendue imberbe. Sophia se raidit. Un suçon qui a ripé ? Une nouvelle pratique à la mode dont elle n'a jamais entendu parler ? Elle n'a pas le temps d'en débattre, déjà le jeune homme, de dégoût, la repousse : « Tu mets du déo ?!!! » Sophia acquiesce, interloquée. Elle utilise un stick bio au lait d'ânesse, sans sels d'aluminium, sans paraben et à l'emballage en carton recyclé, donc franchement elle ne voit pas bien le problème. L'autre crache dans sa serviette, se gargarise avec un fond de chardonnay : « Mettre du déo, c'est abusé. Tu ne penses vraiment qu'à ton plaisir. » Sophia commence à prendre peur. Quand elle était étudiante, un type dans le métro avait bien essayé de lui acheter son collant, mais des lécheurs de sueur, ça, c'est une première Elle se rhabille à la hâte, s'enfuit par le premier Uber venu, esquivant à chaque virage la bâche en plastique pleine de Covid qui la sépare du conducteur. Comme chaque fois qu'elle rentre chez elle, vulnérable et flippée, elle hésite à téléphoner à Ben, mais renonce. Elle n'est pas en état de s'entendre dire : « Arrête de m'appeler comme ça au milieu de la nuit, Soso, je suis désolé, mais on n'est plus ensemble. »

Jeudi, *Netflix and chill*. Le quidam qu'elle devait rencontrer a eu la courtoisie de s'enquérir de ses préférences avant de dresser le menu de la soirée – « Ça te va si on commande des pizzas ? Et à part ça, l'urine, tu kiffes ? » –, lui permettant de décliner l'invitation.

Vendredi, 12 h 30, parvis de la Madeleine. Poke bowl à emporter et canette de Coca zéro. Un blond lui fait signe, l'air nonchalant, une mèche en travers du visage, fidèle aux photos sur son profil. Plus elle s'approche, plus ses traits lui paraissent familiers. Merde, c'est sûr, c'est lui. Comment a-t-elle pu ne pas le reconnaître sur l'app ? Il a dix ans de moins qu'elle et a probablement déjà informé la moitié de la boîte qu'il comptait troncher la nana de la com' : le stagiaire de la compta.

— Hey ! C'est drôle de se retrouver là.

« Drôle » n'est pas exactement le mot que Sophia aurait choisi. Elle repense à tous les sextos inspirés que lui a dictés sa libido exacerbée par de longs mois de célibat. Pourvu qu'il ne poste pas de captures d'écran sur LinkedIn ou sur le serveur commun de Sonotop. Il la bouffe des yeux, ne semble pas remarquer les ridules naissantes au coin des siens. Il y a quelque chose de rafraîchissant, de flatteur aussi, à se sentir désirée par un homme plus jeune. Son appartement est à deux pas. Elle est sur le point de lui proposer de monter prendre un café. Son téléphone vibre dans sa poche. À l'écran, un SMS de son père : « On a eu les résultats de maman. Appelle-moi. » Sophia détale plus vite qu'une grenouille à la nage :

— Je suis désolée, je dois y aller. On remet ça ?

La fugitive

Sophia entasse à la hâte autant de vêtements que sa valise peut en contenir. Quelques livres. Une cartouche de clopes. Deux poireaux qui menacent de pourrir dans son frigo d'ici son retour. Elle place son ficus près de la fenêtre, fait un dernier tour, s'assure qu'elle n'a rien oublié. Sur le rebord du lavabo, un vibro rose dort debout comme un flamant. Elle l'attrape au vol avant de claquer la porte du studio qu'elle ne reverra sûrement pas de si tôt.

« Le cancer est revenu », avait simplement dit son père au téléphone Elle avait perçu les sanglots qu'il cherchait à contrer, avait elle-même renoncé à étouffer les siens. Ils étaient restés ainsi un long moment à pleurer en silence. Odile devrait se faire opérer trois jours plus tard, puis il y aurait des rayons. Sophia ne pouvait pas laisser ses parents affronter tout cela, seuls à nouveau. Les confinements successifs l'avaient séparée de sa mère alors malade, leur avait volé du temps qu'elles n'avaient plus. Cette fois, elle serait auprès d'elle.

— Je vais revenir m'installer à la maison quelque temps, avait-elle décrété.

— Et ton travail ?

— Je vais m'arranger.

Dehors, ça klaxonne, ça court dans tous les sens. Putain de grève des transports. La ville est devenue un gigantesque embouteillage. Un étudiant, valise suspendue par la anse au guidon d'une trottinette électrique, slalome dans un équilibre précaire entre les remorques et les coffres de toit. Les voitures sont chargées façon *Tonton du bled**. Et à regarder ce flot de véhicules débordants, Sophia ne peut s'empêcher de fredonner *Lelela*.

La gare de Lyon est bondée. Tout le monde a eu la même idée : monter dans un train, avec ou sans billet. Le site de la SNCF a planté sous l'afflux des réclamations. Peut-être qu'ici elle aura plus de chances de dégoter une place à bord du seul TGV en circulation ? Sophia court jusqu'à l'automate le plus proche, pianote, frénétique. Du piano voisin, en revanche, personne ne taquine les touches. L'instrument en libre-service autour duquel les mélomanes aiment d'ordinaire se rassembler a

* Clip mythique du groupe 113 sorti en 1999.

aujourd'hui des airs de baleine échouée là, sous la verrière, dans le désintérêt général. Sophia, qui veut être auprès de sa mère pour son opération, s'énerve, appuie sur tous les boutons. En vain. Le même mot s'affiche invariablement à l'écran : « Supprimé ».

Le hall se vide peu à peu. Les voyageurs malchanceux cherchent un passe-droit, une brèche par laquelle se faufiler, mais depuis l'installation des portillons en bout de quai, impossible de resquiller. Toute solution plus ou moins légale, plus ou moins morale, est considérée. Sophia se refuse à invoquer le cancer de sa mère pour amadouer le contrôleur. Elle a trop peur que ça lui porte la poisse. Elle se laisse choir sur son bagage. « Je suis coincée à Paname, je vais rater l'opération de ma mère », écrit-elle, fébrile, dans la conversation qu'elle entretient avec ses amis. Raphaël compatit : « Bande de connards. » Agnès lui aurait bien prêté la voiture de son mari, mais Sophia n'a pas le permis. Marion, bien qu'à des milliers de kilomètres, s'implique comme si elle était là, assise sur le sol froid de la gare, à ses côtés.

Marion a eu le confinement nomade. Dès la fin du premier, jurant qu'on ne l'y reprendrait pas deux fois, elle avait quitté son appart et son job. Essorée par huit années au service marketing d'une multinationale, elle avait converti ses crédit CPF en cours d'astrologie par correspondance. Ses meubles entreposés dans le garage de ses parents à Bagnolet, elle avait sauté dans le premier avion. L'économie d'un loyer parisien lui avait permis de vivoter ailleurs, là où les restrictions étaient moins contraignantes, se déplaçant au gré de la sévérité des mesures imposées localement. C'est depuis Zanzibar, dont elle n'est jamais rentrée, qu'elle lui apporte la solution :

« Et pourquoi tu ne prends pas un Blablacar ? »

*

Qu'on se le dise : personne ne va dans le Jura. Trouver un covoiturage pour rentrer chez soi quand on est jurassien relève du miracle, et encore, il y a de grandes chances de se découvrir un lien de parenté avec le conducteur. Pourtant, lorsque Sophia clique sur le lien envoyé par Marion, le miracle est bien réel. Un départ le soir même à destination de Lons-le-Saunier. Un chauffeur bien noté sur le site par ses précédents passagers, une Twingo qui a passé le contrôle technique, que demander de plus

Emmanuel, l'auteur de l'annonce sur Blablacar, charge sa valise dans le coffre. Sophia s'installe à l'avant. La présence d'une petite fille assoupie sur la banquette arrière la rassure autant qu'elle l'effraie. Elle est soulagée de constater que cet Emmanuel n'est pas un serial killer psychopathe, mais sûrement un père divorcé qui ramène sa gosse à son ex-femme. D'un autre côté, si l'enfant venait à se réveiller, le trajet risque de virer au cauchemar. Sophia déteste les gamins dans les carrés famille des TGV. La perspective de jouer aux devinettes sur l'autoroute l'enchante autant que de subir une colposcopie. Pour l'instant, la môme dort et Sophia peut se détendre. Manu – après une heure de bouchons porte d'Italie, on en est déjà à s'appeler par son petit nom –, Manu, donc, a la quarantaine. On le devine plutôt séduisant sous son masque. Un faux air de Ben. Il la laisse choisir la station radio, lui offre un chewing-gum mentholé que Sophia accepte bien volontiers. Depuis qu'on a pris l'habitude de se couvrir la face comme des chirurgiens, elle a fait deux constats alarmants : elle a mauvaise haleine et transpire de la moustache. Si l'hypersudation semble être une fatalité, elle a décidé en revanche de contrôler ses exhalaisons. Ainsi mâchonne-t-elle tout en bavardant.

— Célibataire ? demande-t-il l'air de rien.

— Célibataire.

Ses yeux rivés sur la route semblent sourire. Sophia en viendrait presque à le considérer comme une cible potentielle. Elle a beau fuir la capitale, elle n'en reste pas moins concentrée sur son objectif : trouver un mec pour Noël. Avec un peu de chance, et la magie de la garde partagée, Manu serait seul pour les fêtes, heureux d'être accueilli par Odile, Henri et leur chapon farci. Sophia n'a guère le temps de creuser le sujet. À l'arrière, la petite fille s'est réveillée :

— Quand est-ce qu'on arrive ?

Alors qu'elle repose la question pour la troisième fois cinq minutes plus tard, Sophia se demande si cette idée d'invitation est bien judicieuse.

Il faut jouer à toutes sortes de jeux, compter les voitures rouges sur l'autoroute, rire aux blagues de CE2, « Qu'est-ce qui est vert et qui pousse au fond du jardin ? », résoudre d'épineux problèmes de généalogie : « M. et Mme Payette ont un fils, comment s'appelle-t-il ? » Le cerveau de Sophia est en surchauffe. Non, vraiment, à moins que « Roba », « Pulla » et « Tonga » soient acceptés par une employée de mairie peu regardante, elle ne voit pas de quel prénom ces gens ont bien pu affubler leur môme.

— Nicolas Payette ! piaille la gamine victorieuse.

Sophia fronce les sourcils :

— Comme un col à paillettes ?

— Non, comme Nicolas Payette, le garçon de ma classe.

Le père s'ébaudit de tant de mignonnerie. Sophia a un petit rire poli et s'enfonce dans son siège : « Et en plus la gosse n'a rien compris aux règles... » Non, définitivement, ce projet d'invitation était une très mauvaise idée : elle ne veut pas d'enfants, ce n'est pas pour élever ceux d'une autre.

Au niveau d'Auxerre, un bruit étrange interrompt ces joyeusetés. Manu contrôle le tableau de bord, vérifie tous les voyants, fait signe à sa fille de la boucler pour mieux entendre ce drôle de vrombissement. On dirait une perceuse. Ou une tondeuse. « Ça vient du coffre », statue-t-il. La prochaine aire de repos n'est qu'à quelques kilomètres. La Twingo s'engage dans une voie bordée de frênes. Des poids lourds par dizaines somnolent, blancs sur l'asphalte, aux noms espagnols, roumains, polonais. Un camion-citerne. Deux tables de pique-nique. Et par-delà les arbres, un paysage désolé où se débattent trois éoliennes. On évalue la longueur de la queue pour les toilettes au nombre de voitures stationnées sur le parking. On abreuve les réservoirs de carburant et les gorges de caféine. On vidange les vessies, ajoutant quelques gouttelettes dorées à celles qui constellent déjà lunettes et pissotières. Les doigts se réchauffent autour des tasses Segafredo. Les routiers fument sur le terre-plein, adossés aux poubelles de béton, échangent quelques mots.

Devant le coffre ouvert, Manu reste perplexe. Il était pourtant sûr de ne pas avoir emporté son rasoir électrique. Il inspecte la cargaison, puis au bout d'un long moment déclare, formel : « Ça vient de ta valise. »

Sophia déglutit. Elle sort du véhicule, l'air aussi détaché que possible, et constate par elle-même.

Impossible de nier l'évidence : sa valise vibre. Merde, merde, merde ! Elle rougit sous son masque, voudrait contenir la sueur qui ne baigne à présent pas que sa moustache. La petite fille décroche sa ceinture à son tour et s'approche : « Qu'est-ce que c'est ? » Père et fille fixent la passagère. Sous leurs regards inquisiteurs, Sophia est contrainte d'ouvrir le bagage bourdonnant. Elle farfouille sous les poireaux, déniche entre ses culottes l'objet rose et oblong, d'une forme assez peu équivoque. Manu a un mouvement de recul, détourne le visage de sa fille. La gosse se dégage, le regard attiré par ce jouet inconnu :

— C'est quoi, papa ?

— Un concombre Barbie, transpire Sophia.

Comment ce machin a-t-il pu se déclencher tout seul ? Le père de famille la fusille du regard. « Oh my gode ! » songe-t-elle, mais le moment est mal choisi pour partager cette plaisanterie à voix haute. Elle presse de toutes ses forces l'unique bouton, mais l'endurant ne faiblit pas. Elle se débat, peine à dompter l'engin récalcitrant. Le père exfiltre la gosse. Les routiers, intrigués par ce manège, suivent la scène de loin. Désespérée, elle cogne le *sextoy* contre le pare-chocs de la Twingo, à plusieurs reprises, fait cesser par ce geste les vibrations infernales. Un bitoniau lui reste dans la main, un ressort atterrit sur le bitume. Les blagues salaces fusent. En espagnol, en polonais et en roumain. Sophia a fait LV2 allemand, mais comprend sans mal qu'elle en est la cible. Elle s'empresse de cacher le phallus mutilé à tout jamais, boucle sa valise et Manu la ceinture de sa fille. Ils reprennent la route en silence.

— Je suis désolée, Manu, murmure-t-elle.

Le conducteur lui jette un regard bien en deçà des normales saisonnières.

— Emmanuel, je préfère.

Le reste du trajet semble interminable. Lons-le-Saunier, enfin. Coquette station thermale où les curistes retraités déambulent en chaussettes dans leurs Crocs. Emmanuel paraît soulagé de se délester de l'importune aux abords du centre-ville. Il ne descend pas pour l'aider à décharger sa valise et redémarre sans un mot.

Sophia retrouve son père, garé sur le parking du collège. Henri la serre fort dans ses bras. Elle entend ce que tait sa pudeur : « Merci d'être là. » Ils quittent la ville. La neige a ouaté la nature. À perte de vue, des sapins. Bientôt les rares masures aux murs de pierre laisseront place aux maisons à tavaillons. Pré-des-Sources n'est qu'à une petite heure de route. À mesure qu'ils s'engouffrent dans la forêt, Sophia étouffe. Elle desserre son écharpe.

— Ça ne va pas, ma chérie ?

— Si, si, papa.

Un sentiment d'injustice lui comprime la poitrine : à trente-deux ans, elle a pris un aller simple pour chez ses parents, à qui elle ment, soucieuse de leur épargner des tracas inutiles. Et si malgré tout sa mère ne recouvrait pas la santé ? Elle se sent terriblement seule. Son regard s'attarde sur les panneaux, qui poussent parfois, incongrus, au milieu des épicéas. Sophia s'aperçoit qu'ils ont parcouru plus de trente bornes sans croiser personne. Le découragement l'accable. Comment rencontrer quelqu'un dans l'un des départements les moins peuplés de France ?

L’étreinte du panda

Une claque. Une fessée plutôt. Puis une autre. Sur une cuisse ou une miche qu’on imagine dodue. Une friction de chair. Des griffures, peut-être. Sophia ouvre un œil. Son radio-réveil à cristaux liquides affiche 6 h 43. Fait chier. Le voisin est en train de visionner un porno, à tous les coups. SM, probablement, à en juger par la violence des ébats. Il ne manquait plus que ça. Elle avait presque oublié les joies de cet immeuble qui l’a vue grandir. Une copropriété bien entretenue dont les résidents partagent le chauffage, un jardinet arboré, et une certaine intimité qui doit beaucoup à l’IMC des murs, si faible qu’on les croirait anorexiques. Il faut quand même être motivé pour zoner sur Youporn à une heure pareille. Sophia tend l’oreille à l’affût d’un coup de cravache et se décompose. Ce n’est pas le voisin. Ça provient de la salle de bain adjacente. Ses parents ne sont quand même pas en train de s’enfiler de bon matin, si ? À moins que son imagination ne lui joue des tours ? Serait-elle en manque au point de voir du cul partout ? Un kaléidoscope psychédélique de pêches et d'aubergines, pulsion scopique d'une nymphomane sous LSD. Elle ne peut réprimer une grimace. Les enfants ne veulent pas savoir ce que leurs parents font au pieu – ou sur le rebord du lavabo. Et la réciproque est vraie. Elle se bouche les oreilles, fixe le plafond, se sent bien à l'étroit dans cette baraque, d'autant qu'elle dort dans un lit de 90. Elle concentre son attention sur la moulure en polystyrène collée autrefois sous l'influence de Valérie Damidot, les rectangles décolorés sur la cloison, là où jadis elle avait affiché à la Patafix un poster de DiCaprio et des Spice Girls, avant de leur préférer Metallica. S'ils avaient remisé ces ornements à la fin des années 2000, jamais ses parents n'avaient pu se résoudre à changer le papier peint. Combien de temps Sophia se terre-t-elle sous sa couette ? Trop longtemps. Sacrément vigoureux, les vieux. Elle ne soupçonnait pas qu'à leur âge on avait la foi à ce point. Le jour ne filtre pas encore à travers les volets de cette fenêtre par laquelle elle a si souvent fait le mur pour aller danser sur les podiums du Barracuda Space et du Calicoba. Odile et Henri la pensaient sagement assoupie avec ce chameau en peluche ramené de Tunisie quand elle était enfant, et qui ne l'avait plus quittée depuis. Les apparences sont trompeuses. Les claquements et gémissements qui persistent dans la pièce voisine confirment cet adage. Sophia plonge sous son oreiller jusqu'à disparaître, dans l'espoir de se rendormir avant sa première réunion.

*

Micro coupé, tasse de thé à la main, Sophia patiente. Tout le monde n'est pas encore connecté. Certains bavardent, comme autour d'un sachet de chouquettes : « Sympa, la vue ! T'es où ? Dans le Perche ? » « Trop *cute*, les tasses en Arcopal : ma grand-mère avait les mêmes. » Ah, elles ont bien changé les discussions de bureau depuis la démocratisation du télétravail. Sophia égoutte son sachet d'earl grey. En arrière-fond, un appartement qui n'est pas le sien, à la décoration neutre, type maison témoin. Murs blancs. Encadrements de fenêtres noirs. Elle a choisi le filtre pour sa sobriété. Elle ne veut pas susciter davantage de commentaires, la qualité de sa connexion fait déjà suffisamment jaser comme ça. Le haut débit ici, c'est comme la Dame blanche : on en parle beaucoup, mais personne ne l'a jamais vu. La fibre n'existe que dans le bol d'All-Bran que son père engloutit au petit déj – ce qui ne l'empêche pas de monopoliser les waters pendant quarante-cinq minutes tous les matins. Un record, même Ben ne s'y claquemurait pas si longtemps quand ils vivaient ensemble. Que fabriquent les hommes pendant tout ce temps ? Peut-être que ça les aide à réfléchir. Et si *Le Penseur* de Rodin était en réalité assis sur des gogues ? On est tout de même mieux installé pour lire son journal dans un sofa que sur une cuvette. Sans compter la perte de temps. Près d'une heure par jour pendant soixante-sept ans… Trois cent soixante-cinq que multiplient soixante-sept, ça porte à 24 455 le nombre d'heures passées aux chiottes dans une vie. Sachant qu'il y 8 740 heures dans une année, cela signifie que son père est resté à ce jour près de trois ans sur le trône.

Joséphine Poulain, la boss, interrompt ces calculs savants. Elle accueille les participants tout sourire, sur fond de cerisiers du Japon en fleur, et rappelle les règles : « On lève la main quand on veut prendre la parole, on coupe son micro le reste du temps. » Le stagiaire se connecte. Il est beau avec sa mèche blonde qui lui tombe dans les yeux. Derrière lui, le même fond que celui de Sophia. On pourrait croire qu'ils partagent le même toit. Sophia aimerait bien qu'il en fût ainsi. Leur rencard avorté lui a laissé un goût d'inachevé. À lui aussi, manifestement. Le voyant du chat privé clignote. « Vous avez un message. » C'est lui. Le cœur battant, elle répond à ses allusions, ponctue son propos d'émojis de pandas pour en atténuer le caractère licencieux. Un instant, Sophia se demande si les RH ont accès à cette correspondance libidineuse. Joséphine, dite Jo, présente un plan de com' digne d'un plan de bataille de l'armée napoléonienne, élaboré par son équipe pour le lancement des nouvelles prothèses auditives. Les autres collaborateurs passent ensuite en revue les chiffres du deuxième semestre. Sophia flirte éhontément. Ce qui reviendrait, IRL, à balayer dossiers et mini-viennoiseries pour s'avachir sur le bureau au beau milieu de l'*open space*. La voix de Joséphine Poulain la tire de sa rêverie érotique : « Sophia, tu peux nous donner tes chiffres ? » Il faut quelques secondes à l'employée pour réagir. « Sophia ! Tes chiffres, s'il te plaît. » Sophia se ressaisit, dégote son Moleskine et communique les données demandées avec le plus grand sérieux : « Nous avons 14 nouveaux *followers* sur Instagram, ce qui porte à 53 le nombre total de nos abonnés… » Sophia est *community manager* pour une boîte de sonotones. Moyenne d'âge des utilisateurs d'Instagram : 27 ans. Moyenne d'âge de ses prospects : 72. Elle anime, en somme, un média que ses clients ne fréquentent pas. Bientôt, son entreprise va lui demander de promouvoir les appareils auditifs sur TikTok. De tous les *bullshit jobs* qu'elle a eus, celui-ci est le plus pété. Son père passe une tête par l'entrebâillement de la porte : « Lapinou, je vais chercher le pain ! », provoquant l'hilarité générale. Sophia lui fait un signe discret mais limpide – Dégage ! – et poursuit son exposé, impassible. Intérieurement, elle fulmine. Elle est en mode *mute* 95 % du temps et il faut toujours que son paternel déboule pendant son tour de parole. Merde ! Avec ses conneries, Jo va finir par lui sucrer le *full remote* qui lui a été accordé en raison de l'état de santé de sa mère.

Un quart d'heure plus tard, alors que le graphiste free-lance engagé par Jo s'apprête à dévoiler le nouveau logo de l'entreprise, le chef de famille récidive :

— Lapinou ! Je suis rentré du pain.

Sophia se crispe, coupe son micro.

— Tu veux quoi avec tes poissons panés ?

Comme elle ne répond pas, son père insiste :

— Des épinards avec les poissons panés, ça te va ?

— Très bien..., ventriloque-t-elle derrière un sourire figé.

— Sinon on a de la poêlée catalane... ça doit ressembler à un genre de paella, je suppose... Odile ? crie-t-il à son épouse restée en cuisine, la poêlée catalane, c'est comme...

— Putain, papa, je suis en réunion !

Et tout le monde ricane de cette pantomime.

Henri Mornay referme la porte et le graphiste présente sa création avec un petit sourire : « Tadam ! » Sophia se mortifie à la découverte du logo. Personne ne dit rien. Ils sont tous demeurés, ce n'est pas possible ! Au milieu des messages à caractère sexuel, le stagiaire lui envoie une photo d'Hitler. Ah, merci !

Lui aussi a vu le problème… Il y en a au moins un qui a un cerveau dans cette boîte ! Même un myope privé de ses doubles foyers verrait l'énormité. Elle pianote. Son énervement transparaît.

— Lapinou, un commentaire peut-être ? ironise Jo.

Sophia se racle la gorge :

— Je crains que l'on n'envoie un message confusant avec ce logo…

Sur le chat, le stagiaire est mort de rire. Sophia entame une démonstration téméraire :

— Si l'on prolonge les perpendiculaires, qu'est-ce qu'on obtient ? Une croix gammée.

Le graphiste s'étrangle. Jo s'insurge. Toujours l'esprit mal placé, celle-là !

Une fois la mise en ligne de la nouvelle charte graphique votée à la quasi-unanimité (le stagiaire n'a pas voix au chapitre), la réunion s'achève. Seuls Sophia et le blondinet s'attardent un instant pour flirter de vive voix. Comme elle regrette de ne pas être restée à Paris ! Ils auraient pu faire la réunion depuis son lit. Et si les choses s'étaient passées selon son plan, elle aurait pu lui proposer d'ici quelques semaines de venir passer les fêtes dans le Jura, s'il n'avait pas d'autres projets. Des projets, il en a. À plus court terme. « J'ai envie de te… » La tête de son père apparaît à la porte à cet instant : « Lapinou, à table… » Sophia bondit pour couper le son. Trop tard. Henri Mornay, peu réceptif à l'exaltation de ce jeune poète, se fige. Il sort comme s'il avait vu un fantôme. Le fantôme d'une petite fille qu'il ne reconnaît plus aujourd'hui.

*

6 h 45. Des bruits suspects dans la salle de bain. Encore. Sophia, hallucinée, plonge sous son oreiller : « Ils sont vraiment obligés de s'envoyer en l'air tous les jours ?! » Dans l'état de sa mère, est-ce bien raisonnable ? On aurait plutôt pu s'attendre à une baisse de libido, mais, après tout, tant mieux pour eux. Le duvet et le coton anti-acariens, si agréables au contact de la peau, peinent à étouffer le tapage. Penser que ses parents, quasi septuagénaires, ont une vie sexuelle plus trépidante que la sienne lui fout un coup. Être réveillée aux aurores chaque jour par un live stream de *Jacquie et Michel*, très peu pour elle, merci. Elle n'a pas l'intention de supporter ça éternellement. Elle doit agir et vite. Aller aux toilettes. Claquer les portes. Tirer plusieurs fois la chasse. Rappeler sa présence à ses géniteurs. Leurs cochonneries, qu'ils les fassent dans leur chambre.

Sophia se lève et traverse le couloir d'un pas résolu. Son père sort des cabinets, son journal à la main :

— Qu'est-ce que tu fais là ? bredouille-t-elle.

Il hausse les épaules :

— La même chose que toi.

— Mais…

Sophia revient sur ses pas, tend l'oreille. À travers la cloison, toujours les mêmes sons éloquents. Incrédule, elle interpelle son père :

— Qu'est-ce qu'elle fait au juste, maman ?

Son pauvre papa lève les yeux au ciel :

— Autoflagellation.

Sophia a bien remarqué que sa mère, qui avait pratiqué jusque-là un catholicisme dilettante, est devenue franchement bigote depuis sa maladie. Beaucoup de pathologies ont pour effet secondaire une crise de foi. Sophia toque à la porte.

— Tout va bien, maman ?

— Tu as besoin de quelque chose ? braille Odile depuis l'intérieur. Entre, si tu veux.

Sophia tourne la poignée, prudente. Elle s'attend à trouver sa mère genoux ensanglantés, comme les plus ferventes pélerines de Lourdes. Elle risque un regard, s'arrête aussitôt. Un pied sur le rebord de la baignoire, Odile se pétrit les miches comme si elles étaient montées au levain. Massages vigoureux. Palpé roulé. Pincements savants. « Excellent pour la circulation ! » crie-t-elle pour se faire entendre malgré la VMC. Sa mère fait la peau à la peau d'orange comme si sa vie en dépendait, comme si le cancer s'était logé sous les capitons plutôt que les mamelons. « Déjà qu'ils m'ont enlevé un sein, je ne vais pas en prime ramollir des fesses… » Sophia referme la porte, médusée. Comment cette femme a pu engendrer une fille comme elle, qui se fait porter pâle à la moindre migraine ?

Une semaine qu'elle est là, et Sophia mesure à quel point il est périlleux de se réinstaller chez ses parents passé un certain âge – même pour une durée limitée. Tout est pesant. Sa mère qui donne le change, les lourds silences de son père, cette comédie qu'ils s'appliquent tous à jouer, les réveils matinaux, le gardien qui lui tient la jambe dès qu'elle franchit le seuil de la résidence ; la fenêtre de leur cuisine, située au rez-de-chaussée, qui fait concurrence au café du commerce, Mme Marquez, la voisine du dessus, qui toque au carreau pour se plaindre de ses rhumatismes et de sa bru à chaque fois qu'elle sort faire pisser son teckel. Sans parler des interrogatoires dignes de la CIA : « Alors, ton jules, c'est quoi son petit nom ? Tu ne nous dis rien ! Il ne s'ennuie pas trop de toi à Paris ? » Les ruses qu'il faut déployer : « Karl, on l'appelle Karl. » Au moins, le jour où elle leur ramènera un Pierre, un Paul ou un Jacques, Sophia pourra toujours prétendre qu'il s'était déguisé en Lagerfeld pour le carnaval du lycée et que, depuis, Karl est resté son surnom. Ajoutez à ça les soirées coincée entre ses deux parents sur le canapé en compagnie de Véra, Colombo ou Barnaby, et la coupe est pleine. Pas étonnant que, le soir venu, elle s'en siffle une pour oublier.

— Tu ne restes pas avec nous pour le film ? s'étonne un jour Odile.

— Non, je suis fatiguée.

Sophia disparaît dans sa chambre, enjambe le rebord de la fenêtre, comme autrefois, ado, pour aller en boîte quand ses parents la croyaient couchée – le rez-de-chaussée a aussi ses avantages. Elle récupère la Zubrowka, achetée en douce à la supérette du village, qu'elle a planquée dans les buissons de la résidence. La neige crisse sous ses charentaises. Ses doigts sont gelés. On a le frigo qu'on peut. Elle creuse à mains nues pour déterrer son trésor enfoui dans la poudreuse. Un fait divers lui revient en mémoire : cette femme qui avait éparpillé dans le jardin de sa copropriété les membres d'une collègue, tuée et découpée par ses soins. Sophia ramasse la boutanche qui gît là comme un ballon égaré par quelque gamin dans les troènes, imagine à sa place la tête sanguinolente de Joséphine Poulain. Son carré blond, sa ride du lion et ses yeux vitreux.

Elle rebrousse chemin avant qu'un voisin ne remarque son manège, s'enroule dans un plaid, grelottante. Sur son bureau, une tasse oubliée. Le fond de thé froid a formé une pellicule ambrée sur la porcelaine. Elle l'avale cul sec, remplace ce breuvage par le liquide incolore qui, bien que frappé, la réchauffe. Elle se connecte sur Tinder, swipe au hasard, comme on joue à la roulette russe. Noël approche. Depuis une semaine, ses recherches stagnent. L'offre locale dans sa tranche d'âge ressemble à un bac de sapes en promo, le dernier samedi des soldes dans une enseigne de *fast fashion*. Certains spécimens sont à l'homme ce que la serpillière roulée en boule, tachée de fond de teint, est au tee-shirt en coton bio. Comme en troisième démarque, Sophia sait qu'elle finira par repartir avec un modèle au rabais, pas à sa taille. Le mâle local est dur à appréhender. À l'écran, peu de fenêtres de discussion. Elle se fait les griffes sur le chat, descend les tasses comme on met des virgules, si concentrée qu'elle entend à peine le ronron de la brosse à dents électrique de sa mère, les gargarismes appliqués de son père qui recrache des goulées de Listérine extra-mentholée dans le lavabo de l'autre côté du mur. Sophia converse jusqu'à une heure avancée de la nuit. Quand elle se glisse dans ses draps, sa messagerie est presque pleine et la bouteille presque vide. Tout tourne autour d'elle. Le matelas tangue sous son poids. Une vague remonte dans son estomac. Elle se précipite, a tout juste le temps de pousser le volet. Déjà les vestiges du dîner maculent la neige sous ses fenêtres.

Sophia reprend son souffle. L'air est frais. Un vent qui charrie des flocons la gifle. Le froid la revigore. Elle sacrifie le reste d'alcool pour dissoudre son crime comme un macchabée à l'acide. Elle s'écroule, soulagée : elle a évité le pire. Son lit est trop loin. Elle rampe sur la moquette, s'endort là, serrant contre elle le cadavre Zubrowka pour tout chameau en peluche.

Le lendemain matin, ni les bruits d'autopalpation ni l'alarme de son réveil ne la tirent de sa léthargie. Son portable sonne pour la dixième fois. Toujours le même nom à l'écran : Joséphine Poulain.

*

« On peut savoir ce que tu fous ?! C'est la Troisième Guerre mondiale, c'est le cas de le dire, et toi tu es *missing in action* ! l'agresse Jo quand Sophia décroche enfin. Tout le monde est sur Zoom, on n'attend plus que toi. »

Sophia parcourt la pièce des yeux. Il y a du vomi partout, jusque dans le port USB de l'ordinateur qu'elle allume à tâtons. Elle qui pensait avoir géré la situation hier soir, a totalement présumé de ses forces. Elle fait rouler la bouteille vide sous le lit, noue ses cheveux poisseux en queue de cheval, enfile une veste de tailleur par-dessus son pyjama *Snoopy* et se connecte. Le filtre « maison témoin » camoufle le tableau d'apocalypse.

Réunion de crise. La terre entière a été convoquée. Les dirigeants de Sonotop, la mine sinistre, attendent une explication. À défaut de pouvoir leur en fournir une, Jo leur offre une exécution en direct. Un châtiment pour l'exemple. « Il se passe que la personne qu'on a recrutée pour gérer ce genre d'aléas, mademoiselle Mornay pour ne pas la citer, avait manifestement mieux à faire cette nuit que de jouer son rôle de modérateur. Maintenant, le buzz (qu'elle prononce *buse*) est tel que la situation sur les réseaux sociaux est devenue incontrôlable. » Sophia déglutit. De quoi ils parlent, putain ? Son air hébété n'échappe à personne. Le stagiaire s'empresse de la mettre au parfum, via le chat privé : le nouveau logo de la boîte a été détourné en croix gammée. Images parodiques et messages haineux tournent en boucle sur le Net, le hashtag « Sonotop facho » figure en tête des *trending topics* sur Twitter, les comptes Instagram et Facebook de l'entreprise sont criblés d'insultes, la rubrique « contact » du site institutionnel est saturée de réclamations. Bref, c'est la merde. Prévisible, songe Sophia.

Le président se crispe :

— Mademoiselle Mornay, comment avez-vous pu laisser la situation dégénérer à ce point ?

— J'ai alerté l'équipe, il y a plusieurs jours, des failles du nouveau logo…, se défend Sophia, évitant la question mieux que Waze un embouteillage à l'entrée de Paris en retour de week-end.

— Et hier soir ? la coupe le patron. Que faisiez-vous pendant qu'une bande de *haters* salissait le nom de la compagnie fondée par mon père ?

— Je dormais, lâche-t-elle, comme tout le monde ici et vous-même sans doute.

Jo se liquéfie. Elle intervient au mépris des bons usages qui régissent la prise de parole en visioconférence et braille, d'une voix stridente à vous faire regretter d'officier dans le commerce de sonotones :

— Tu es d'ASTREINTE, Sophia ! As-treinte. Qu'est-ce que tu ne comprends pas ?

Les fils du fondateur ont d'autres fraises à sucrer que d'écouter les nanas de la com' régler leur différend par webcams interposées. Ils prennent congé sur cette ultime recommandation : le tsunami doit être endigué avant la fin de la journée. Les lèvres hypertrophiées de Jo occupent maintenant tout l'écran :

— J'y veillerai personnellement. Nous préparons un communiqué.

Les caméras se coupent, les unes après les autres. Chacun retourne faire son yoga, peler ses carottes, se vautrer devant son feuilleton ou ramasser les déjections du chat qui s'est oublié à côté de la litière, pour protester contre l'invasion quotidienne de son espace de vie par ses maîtres depuis que les salariés ont droit à deux jours de télétravail par semaine.

Seuls le stagiaire et Sophia s'attardent un peu, pour bavarder.

— Ça va aller ? s'inquiète-t-il.

Elle hausse les épaules et s'en grille une. Le stagiaire enchaîne les pitreries pour lui arracher un sourire, déboutonne sa chemise, tourne sur lui-même avec des mimiques de chippendale. Sophia éclate de rire.

— Un *flashboob* pour la route ? réclame le blondinet, torse nu.

Sophia devrait déjà être en train d'éteindre la polémique à l'heure qu'il est. L'ampleur du phénomène est telle qu'elle se sent aussi impuissante qu'un minuscule canadair survolant l'Amazonie embrasée. Le mal est fait. On n'est plus à deux minutes près. Elle ôte sa veste, soulève son haut de pyjama, ondule à demi nue devant la caméra. Le stagiaire siffle. Quelqu'un se racle la gorge. Ni l'un ni l'autre n'ont remarqué que la boss s'était reconnectée. Sophia rabat son tee-shirt *Snoopy*.

— Qu'est-ce qu'elle fout là ? laisse échapper le stagiaire qui n'a pas coupé son micro.

Joséphine Poulain ignore l'éphèbe dépoitraillé. Dans son viseur, sa subalterne :

— Quand tu seras rhabillée, appelle-moi sur ma ligne directe.

Sophia s'exécute. Sans un mot. « Appelez-moi sur ma ligne directe », c'est le nouveau « Passez dans mon bureau ». Ça sent franchement le sapin, et pas seulement parce qu'on est dans le Jura. Jo décroche à la première sonnerie. La sentence est sans appel : avertissement professionnel. « À la prochaine bourde c'est la porte, compris ? »

La brouette thaïlandaise

Sophia raccroche sans mot dire. Ses recherches de mâles sont aussi peu avancées que celles de Sanofi sur un vaccin contre le Covid et, en prime, elle risque de perdre son boulot. Pour se remettre de ses déboires, il va lui falloir plus que de la vodka.

Il n'y a pas de bonne façon de demander aux gens le numéro de leur dealer. Nourrir l'échange au préalable. Prendre des nouvelles. C'est une question de savoir-vivre. « Salut, ça va ? Ça fait longtemps ! » envoie-t-elle par SMS à tous les contacts de son répertoire susceptibles d'habiter encore le département. D'anciens camarades de lycée, de collège même, quelques connaissances du club de théâtre. Son premier amour est le premier à répondre. Toujours délicat de réécrire à un ex. Joël est marié, deux enfants, presque chauve et passionné de pêche au brochet à en juger par sa photo de profil Facebook. « Comment va Tarama ? » demande

Sophia par courtoisie. Elle prend toujours le soin d'écorcher le prénom de l'*autre*, Tamara. Question de principe. Il est parti pour elle à l'époque. Joël ne relève pas, préfère attribuer cette dyslexie au correcteur automatique ou à une faute de frappe. Il est de ceux que les rancœurs flattent. Il se lance dans le laïus du type qui sait que sa nana, en plus d'avoir un nom à tartiner sur un blini, lit ses messages : « Ça me gêne que tu m'écrives, vis-à-vis de ma copine, qui depuis tout ce temps est devenue ma femme… Je suis l'heureux papa d'un deuxième fils, Kylian. » Sophia fronce les sourcils. Ça lui en toucherait une sans faire bouger l'autre, si elle en était pourvue.

« Relax, tape-t-elle, je voulais juste savoir où trouver de la beuh.

— Je ne touche plus à ça. »

Toute la journée, elle essuie des revers de ce genre. Forcée de faire la conversation à des clampins qu'elle n'a pas revus depuis dix ans, qui lui déroulent leur arbre généalogique, ont pour elle des mots gênés quand ils apprennent qu'elle n'est pas mariée, pire, qu'elle n'a pas d'enfants. Pour qui rumine son bonheur, une photo de bébé en fond d'écran, le célibat est la pire des malédictions. Comment comprendre le choix de Sophia, quand on a sur son disque dur un diaporama de ses gosses réalisé par un témoin de mariage féru de Powerpoint qui a fait chialer tout le monde au vin d'honneur sur fond de Pascal Obispo – *Tu es mon millésime, ma plus belle année. Je suis à jamais ta terre, c'est ça être père* ? Une pestiférée. C'est ce qu'elle est devenue à leurs yeux. Une ado attardée, de retour chez papa-maman. Ils sont tous devenus quelqu'un, du moins à l'échelle de leur commune, des parents comblés, heureux propriétaires endettés sur vingt ans. Elle, pauvre nullipare, ne va nulle part.

De guerre lasse, la nuit venue, elle se décide à recontacter son ex meilleure amie. Comme elle n'a rien gagné jusque-là à être courtoise, elle se montre directe : « J'espère que tu vas bien. Tu sais à qui je peux acheter de la beuh dans le coin ? » En retour, la photo d'un monticule. Un ventre, à y regarder de plus près. Accompagné d'une légende : « Je dormais, mais, à part ça, ça va. Je ne suis plus la bonne personne à contacter pour avoir un filon, comme tu peux le voir. Au cas où ça t'intéresserait, Prospérine est prévue pour mars. » Le trafic local laisse décidément à désirer. Sophia se vautre sur son lit. Pendant qu'ils font de l'investissement locatif, remplissent le coffre de leur monospace, adoptent un chien, retapent une grange ou un corps de ferme, elle est là en PLS à quémander de la drogue. Il faut être une sacrée ratée pour réveiller une femme enceinte. Elle passe en revue son répertoire. Marion est encore à

Zanzibar. Agnès n'a jamais été shootée autrement que sous péridurale. Raph est son meilleur allié. Une allure de gendre idéal, des manières irréprochables, mais elle a fait avec lui un nombre incalculable de teufs, de concerts, à écouter du rap si sale qu'on peut choper une MST rien qu'en entendant les paroles. Devant combien de cuvettes saupoudrées de C coupée au speed se sont-ils agenouillés ? Combien de levers de soleil les ont cueillis sur la piste de danse ? Il s'est calmé depuis qu'il dirige une agence de pub, s'est mis en couple avec Paul, avec qui il corne, plein d'espoir, les pages d'une vieille édition du *Guide des prénoms*, mais il a toujours le numéro d'un livreur serviable qui rapplique à n'importe quelle heure, la came planquée sous des sushis. Solliciter ses potes parisiens. Se faire envoyer un Colissimo. Sophia aurait dû commencer par là. Ça lui aurait évité de ravaler avec un Xanax ses questions métaphysiques – qui suis-je ? D'où viens-je ? Où vais-je ? Raphaël sait trouver les mots pour l'aider à s'endormir :

« OK, je te poste ça demain. »

*

Par la fenêtre de la cuisine, Sophia aperçoit le facteur. Elle saute dans ses sneakers sans prendre le temps d'en nouer les lacets – une manie aussi vieille que ce modèle qu'elle traîne depuis le début des années 2000 : « Je vais chercher le courrier ! » Depuis quelques jours, à peine a-t-il franchi le porche de l'immeuble, qu'elle est là, à proximité des boîtes aux lettres, prête à réceptionner la correspondance de la famille et des personnes âgées qui vivent à l'étage. Cette serviabilité soudaine cache quelque chose sans doute, mais Odile et Henri se félicitent que leur fille s'implique enfin dans la vie domestique et rende service aux voisins. À trente ans passés, il était temps. Tous les matins, le postier secoue la tête, navré : « Rien pour vous, mademoiselle Sophia. » Tous les matins, son ventre se noue. L'envoi interlope aurait-il été saisi ? Raphaël a-t-il eu des ennuis par sa faute ? Sophia est presque étonnée quand le petit homme, un jour, finit par sortir de son chariot jaune et bleu ce colis qu'elle n'espérait plus : « Voilà pour vous ! » Elle emporte son paquet à l'emballage recyclé, comme un rapace sa proie. Le gardien, qui balaie la cour, l'avise : « Vous tombez bien ! Vous ne devinerez jamais ce que j'ai appris l'autre jour par mon ami de la DDE, vous savez, René, le mari de Paulette qui tenait la crêperie des Frank… » Elle écoute d'une oreille distraite les informations de source sûre prédisant la remise aux normes de la signalétique du passage à niveau. Elle n'a qu'une idée en tête : déballer sa came. « C'est hyper-dangereux, ces trucs-là. Chaque année il y a des accidents. Y a qu'à voir dans la presse. En parlant de ça, vous lisez les journaux un peu ? Vous avez vu qu'Afyda Turner et Jean-Marie Bigard sont candidats à la présidentielle ? Ah, si on m'avait dit qu'un jour, pour faire barrage à l'extrême droite, il faudrait voter pour une ancienne lofteuse... » Tenter d'abréger ce monologue ? C'est peine perdue. Lucien est un incurable bavard doublé d'un conteur hors pair. Il sait ménager un suspense, rend presque palpitants ses rapports quotidiens dignes de comptes-rendus du conseil municipal. Le gardien reprend son souffle. Sophia, qui comme tout le monde ici a fait du biathlon dans sa jeunesse, ne laisse pas se refermer la fenêtre de tir. Elle se carapate avant qu'il n'enchaîne sur la météo, l'inflation, l'impact du virus sur le tourisme local ou la gestion de la crise par le gouvernement :

— J'ai une réunion sur Zoom...

— Ah, vous êtes dans la photographie maintenant ? C'est formidable !

Elle a un sourire poli. Pas le temps de lui débriefer les avancées en matière de communication depuis le Minitel. Elle referme la porte de l'appartement sur les exclamations de Lucien qui entreprend la pauvre Mme Marquez, au risque de la mettre en retard pour sa consultation : « Vous saviez que la petite Sophia était photographe ? J'avais un oncle du côté de Besançon qui touchait pas mal sa bille question photo... »

Sophia s'enferme dans sa chambre, arrache le carton. À l'intérieur, un livre. *Restez zen*. Raph a caché la drogue dans un manuel de développement personnel ?! Faut-il y voir un message subliminal ? Elle fait défiler les pages comme on bat les cartes au casino. Un Post-it s'en échappe. « J'espère que ce livre t'aidera autant qu'il m'a aidée. » Signé Marion. Sophia a beau aimer sa meilleure amie comme une sœur, elle voudrait à cet instant lui faire bouffer son foutu bouquin. Le titre sur la couverture la rappelle à l'ordre.

Le lendemain enfin, la livraison de Raph arrive à Pré-des-Sources. Sous un kit de faux ongles, planqués dans un étui de manucure vidé d'une partie de ses instruments, Sophia découvre les 3G, qui n'ont rien à voir avec la téléphonie. Alléluia ! Pendant ses réunions, au prétexte d'un débit capricieux – ce dont personne ne doute, les préjugés sur le Jura sont, parmi ses collègues, aussi persistants que le goût de la gentiane après un seul shot –, elle coupe sa caméra pour pouvoir rouler en paix. Sophia anticipe. Les murs de l'appartement sont aussi épais que les feuilles qu'elle utilise pour cette opération méticuleuse. Mieux vaut préparer ses munitions à une heure où la maison est animée.

Après le dîner, qu'elle a passé à pianoter sous la table, en grande conversation avec le seul mec de l'app de rencontres qui n'ait pas la tête d'Émile Louis, Sophia abandonne ses parents devant *Les enquêtes de Véra*. « Charmant… », s'en irrite son père. Elle disparaît dans sa chambre, se love dans un nuage de fumée où flottent des accords de Radiohead.

A heart that's full up like a landfill.
A job that slowly kills you.
Bruises that won't heal.
You look so tired, unhappy.
Bring down the government.
They don't, they don't speak for us.

Bercée par la mélopée, elle n'entend pas tout de suite qu'on toque à la porte de sa chambre : « Sophia ? » La voix de sa mère la ramène sur terre plus vite qu'un agent de piste sur le tarmac. Merde ! Sophia attrape le plaid, un oreiller, n'importe quoi, évente de son mieux avant d'ouvrir, la gorge serrée. Elle transpire comme une ado prise en flagrant délit. Je vais me faire griller, c'est sûr ! Prendre l'air détaché. Normal. Tout va bien se passer.

— On a déjà vu l'épisode, c'est une rediff…, l'informe Odile. On va se coucher, tu peux baisser la musique ?

Sophia ne parvient pas articuler le moindre mot, le moindre son, ne serait-ce qu'une onomatopée. Sa mère attend une réponse. Quoi qu'elle dise, Sophia sait qu'elle va se trahir. Elle reste là, immobile, les yeux rougis et brillants. Sa mère s'y méprend :

— Tu pleures ? Qu'est ce qui ne va pas, ma chérie ? Viens, on va se faire une tisane.

Impossible de se défiler. Sophia la suit jusqu'à la cuisine. Elle frémit autant que l'eau dans la bouilloire, qui embue les petits carreaux du vaisselier où Odile range les infusions :

— Passe-moi la boîte bleue, Lapinou.

Sophia lui tend la première boîte qui vient, dont l'emballage est outrageusement jaune.

— Non, la bleue, insiste Odile.

Le pouls de Sophia s'emballe. Est-ce un test ? Sa mère sait-elle depuis le début qu'elle plane ? Comme quand, en 2003, elle avait trouvé un paquet de clopes planqué dans son tiroir de chevet et l'avait torturée psychologiquement durant des semaines, déplaçant ses cigarettes, laissant traîner des brochures de prévention contre le tabagisme précoce, avant de l'envoyer chez un psy tout le reste de l'année scolaire. Que faire ? Que sait Odile exactement ? À quel point la situation est-elle désespérée ? Elle joue une place à Sainte-Anne, là ! Sophia se défend par l'attaque :

— C'est celle-là, la bleue, putain !

Sa mère la regarde, consternée. Elle adopte le ton qu'elle employait avec les enfants qu'elle gardait encore il y a peu, avant de prendre sa retraite.

Un ton qui se veut pédagogue auprès d'un public en bas âge, mais qui, passé le primaire, vous fait vous sentir demeuré :

— Non, ça, c'est la jaune, « Camomille ». Moi je veux la bleue, « Nuit tranquille ».

— Tu m'emmerdes !

Sophia balance la boîte, dont les sachets, d'un jaune indéniable, s'éparpillent sur la toile cirée à pois qui recouvre la table.

Au mur, sur le calendrier, une inscription à l'encre rouge. Elle n'est pas en état de la déchiffrer, mais la devine : docteur Benayoum. Elle s'en veut aussitôt, éclate en sanglots. On ne peut pas dire que la vie ait épargné Odile. Entre la maladie, Martine, l'amour de jeunesse de son père, qui a harcelé la famille durant près d'une décennie, plus coriace qu'un cancer, elle n'a pas besoin en plus d'une fille à problèmes.

Odile la prend dans ses bras :

— Ça ne va pas, mon bébé ?

Sophia retient les gouttes de sueur à son front mieux que ses larmes. Putain, mes cheveux doivent puer la beuh… Elle va capter... Sa mère la berce comme le nourrisson en néonat qu'elle a eu si peur de perdre autrefois.

— Qu'est-ce qu'il se passe, Sophia ? Tu peux me parler, tu sais…

Sophia renifle. Son portable vibre dans sa poche. Le type qui n'a pas une tête de psychopathe cherche à la joindre. Celui à qui elle a fait la conversation plutôt qu'à ses parents au dîner. « On se voit bientôt ? » Sophia pousse un cri de joie à la découverte du SMS. Enfin une bonne nouvelle. Dans son dos, Henri, alerté par ce raffut, interroge Odile à mi-voix : « Qu'est-ce qu'elle a ? » Fatigue nerveuse. Surmenage. Pas de coupure entre la vie professionnelle et la vie personnelle... Odile Mornay, qui a vu un reportage sur BFM consacré aux pièges du télétravail, est au fait de la question. Sophia les laisse disserter autour d'une camomille des risques psychosociaux pour les jeunes cadres dynamiques.

Elle s'en fout : elle a un rencard.

*

Sophia rentre de la supérette les bras chargés de sacs. Elle est aussi passée faire le marché. Odile, qui somnolait dans son fauteuil près des philodendrons, se précipite pour lui prêter main-forte.

— Non, toi, tu te reposes, la rabroue Sophia.

— Je peux quand même t'aider à ranger, proteste sa mère.

— Pas question.

Odile hausse les épaules et se laisse choir sur l'une des quatre chaises de la cuisine :

— Je peux au moins te tenir compagnie.

Sa mère est incorrigible. Sophia transvase le sucre et la farine dans les jolis pots qu'Odile a chinés en brocante, veille à passer les légumes sous un jet de vinaigre blanc avant de les placer dans le bac du réfrigérateur, manie chère à sa mère. C'est sa façon de lui demander pardon pour son comportement de la veille. Elle a acheté des cucurbitacées qu'elle ne sait pas cuisiner, des morceaux de viande dont elle ne connaît pas le nom exact, a hésité à sortir Google Translate devant l'étal du boucher. Tant pis, elle regardera un tuto pour vérifier les temps de cuisson. Odile s'amuse de tout ce déballage.

— Dis donc, tu as fait des provisions pour un régiment.

Elle examine, perplexe, un paquet sur la table :

— Des rognons ?

— Si on laisse papa aux manettes, ça va encore se finir en Croustibat.

Henri arrive à cet instant, trimbalant un sac isotherme de la taille d'une glacière :

— Je suis passé au rayon surgelés.

Mère et fille partent d'un fou rire.

— Ben quoi ? Qu'est-ce qu'il y a de si drôle ?

Odile dépose un bécot sur la joue de son mari, qui ordonne, circonspect, ses lingots prêts à frire : de toute façon, il n'a jamais rien compris aux femmes.

Quand les cabas sont vidés, reste un sachet en papier sur la toile cirée.

— Qu'est-ce que c'est que ça ? s'enquiert Odile.

Sophia renverse le sachet d'un geste théâtral :

— Aujourd'hui, le spa vient à toi.

Onguents, baumes et crèmes se répandent sur la table. Les joues creusées d'Odile, si coquette, rosissent à ces mots.

Séparateurs d'orteils en mousse à chaque pied, vernis végan couleur carmin encore luisant, masque hydratant sur le visage, Odile bavarde comme en institut :

— Alors, ton Karl ? Tu ne me racontes jamais rien ! Il fait quoi dans la vie ? Profession des parents ?

Sophia, qui lime les ongles de sa mère, s'interrompt et bafouille :

— C'est-à-dire que…

Certes l'humeur est à la confidence, certes elle avait même envisagé de faire tourner son joint la prochaine fois qu'elle roulerait – paraît que c'est prescrit pour certains cancers –, mais, là, le terrain est miné. L'article consacré aux coups de gueule des actrices post-MeToo, dans le magazine ouvert sur la table basse, lui inspire une parade. Pourquoi les hommes, toujours les hommes, maman ? Il n'y en a que pour eux ! On veut des rôles de premier plan, on veut être l'héroïne et non plus la compagne du héros, on ne veut plus être dans l'ombre, et pourtant on les place toujours au centre de nos conversations, de nos préoccupations. On est complétement schizos ! On fait du tort à notre propre cause. L'ennemi de la femme, c'est la femme. Je crois que le temps est venu, maman, de revoir nos priorités, de rejeter la place qui nous échoit, de devenir le centre du monde. Notre monde ! Qu'est-ce que nous voulons vraiment, nous ? Qu'est-ce que nous ressentons ? Qu'est-ce qui est important pour nous ? Parle-moi de toi, plutôt, de femme à femme. Qu'est-ce qui t'anime ? Qu'est-ce qui t'habite ? Odile soulève l'une des rondelles de concombre qui lui décongestionne les paupières, hausserait un sourcil si sa précédente chimio ne l'avait pas rendue partiellement glabre : sa fille est-elle complétement cintrée ou est-ce un mal générationnel ? Ce qui l'habite ?! Une curiosité des plus légitimes à l'égard de son futur gendre. Féministe, tu parles !

Sophia lime de plus belle. Ouf, elle a évité l'interrogatoire mieux qu'un politicard sur le plateau d'Apolline de Malherbe. Mais c'est compter sans la pugnacité d'Odile :

— Sans me dresser son arbre généalogique, tu peux quand même me parler de sa famille, non ?

Sophia connaît le couplet. À sa rencontre avec Benji, Odile avait – plus ou moins subtilement – cherché à savoir s'il existait des maladies congénitales de son côté. Des daltoniens, des jumeaux peut-être ? C'est tout juste si ce pauvre Ben n'avait pas dû fournir un bilan sanguin et un carnet de vaccination avant de pouvoir emmener sa douce au multiplex. Sophia s'est toujours demandé si la surprotection est le lot de tous les enfants uniques. Les parents, terrifiés à l'idée de perdre leur précieux solitaire, l'étouffent de précautions, et pour cause ils ont du temps pour ça : sans famille nombreuse à gérer, ils ont tout le loisir de se surinvestir dans l'éducation, l'encadrement, le contrôle. À moins que l'histoire familiale des Mornay n'explique à elle seule les névroses parentales ? Sophia n'a jamais su trancher. À l'école, ses petits camarades avaient tous de bruyantes mais joyeuses fratries qu'elle leur enviait.

Sous son masque au collagène, Odile tourne en boucle :

— Karl, c'est germanique ? Scandinave ? Il a grandi où, ce garçon ? Il est « parisien parisien » ? Et dire que je n'aurais peut-être pas le temps de faire sa connaissance...

Sophia rend les armes. Personne ne peut rien contre sa mère. Elle sait bien qu'au crabe c'est Odile qui finira par lui faire la nique, mais elle se laisse apitoyer. Son prochain rencard a intérêt à assurer, parce qu'elle joue très gros là :

— Il vient de Lons-le-Saunier.

*

Mathieu a les ongles rongés jusqu'à la première phalange et une tête à s'être fait souvent voler son goûter à l'école, mais ce n'est pas pour déplaire à Sophia. Elle préfère les grands gentils. Guide au musée de la Vache-qui-rit à Lons-le-Saunier, Mathieu n'a pas hésité à rouler des kilomètres pour venir la rencontrer. Ils se sont vus une première fois, un samedi après-midi, pour une promenade aux abords du centre d'entraînement de l'équipe de France de ski nordique. Sophia avait emprunté Vénus, le teckel de Mme Marquez, en guise de chien de garde, des fois que le type soit détraqué.

Les conifères centenaires isolent le complexe sportif du village. Sous leurs ramages touffus, quelques pommes de pin. Le long des chemins plats où les fondeurs déflorent la poudreuse, couverte par endroits d'épines alanguies, des empreintes que l'on s'amuse à suivre. L'écorce est odorante, la nature sauvage. La sève dessine des stalactites ambrées le long de troncs si hauts qu'on est pris de vertige rien qu'à en chercher la cime. Si l'on s'aventure un peu, on devine le roulis de la cascade. Le bief de la Chaille. On traverse le ruisseau en prenant garde à ne pas glisser. La neige scintille dans la lumière glacée. À vous éblouir.

Ensemble, ils avaient regardé s'entraîner les athlètes. Mathieu n'osait croire à sa chance : « Pourquoi tu m'as choisi moi, et pas un de ces types ? » Sophia avait fondu plus vite que la neige sous le jet d'urine du toutou. Ignorant Vénus qui s'oubliait à ses pieds, et les flocons qui tombaient plus dru, elle l'avait embrassé. Mer ou montagne, thé ou café, GOT ou *La Casa de papel*, dames ou échecs, chèques ou espèces, Barça ou Real, Netflix *et* Canal, ils étaient d'accord sur pas mal de sujets de fond. Mathieu n'avait pas tardé à proposer de se revoir.

Ce soir, c'est le grand soir. Sophia enjambe le rebord de la fenêtre, sans bruit. En quinze ans, elle n'a rien perdu de son agilité. Elle repousse le volet derrière elle, réajuste sa jupe, bien décidée à ne pas laisser le cancer maternel châtrer sa jeunesse. Sa chambre donne sur le jardin ouaté de blanc. Elle contourne l'immeuble, le nez déjà rougi par le froid. Pinocchio version glaçon. Ça lui apprendra à mentir : quand on est supposée avoir un mec à Paris, on ne sort pas la nuit se faire troncher entre les sapins. Faire le mur comme une ado, Sophia n'a pas d'autre choix. La neige crisse sous ses pas. À l'angle de la bâtisse, elle retient son souffle, balaie la cour du regard. La voie est libre. Elle rase les murs jusqu'au porche, maugréant sous son écharpe : « Par les temps qui courent, pour se faire sauter, faut faire *Koh-Lanta*. »

Mais bon, on a connu pire. Pendant le confinement déjà, elle avait voulu acheter de la lingerie en prévision d'un rencard, mais le gouvernement ne considérait pas ses besoins naturels comme essentiels. Au supermarché, à l'heure de pointe, Sophia avait resquillé, gageant qu'une caissière en manque, elle aussi, se montrerait moins inflexible que Jean Castex. Dans le rayon balisé comme une scène de crime où étaient circonscrits les articles interdits à la vente, elle avait chipé des dessous aussi affriolants que peuvent l'être les sous-vêtements dans la grande distribution. La caissière, consciencieuse – ou très heureuse en ménage –, avait retiré l'ensemble satiné du tapis :

— C'est non essentiel.

Sophia lui avait lancé un regard désespéré, l'implorant presque dans un murmure :

— Vous ne comprenez pas... J'ai besoin de ken.

— Quoi ça ?

Entre le masque, le verlan et le ton de la confidence, l'employée docile n'y entravait que dalle. Sophia avait explosé :

— IL FAUT QUE JE BAISE.

Aux caisses voisines, les clients s'étaient retournés. Elle avait abandonné ses courses et s'était tirée, haranguant au passage les agents de sécurité ameutés par l'esclandre :

— C'est quoi ce pays où on peut même plus s'acheter des culottes !

Ce soir, comme toujours ici passé 18 heures, la rue est déserte. Sophia rejoint Mathieu, qui s'est garé aux abords des terrains de tennis. Il flotte dans l'habitacle de la Seat Ibiza une odeur de friture. Elle rêvait de dim sum, d'un pad thaï, d'un bo bun. Même un poke bowl aurait fait l'affaire. De Paris, ce qui lui manque le plus, c'est la possibilité d'entrevoir le bout du monde à chaque coin de rue, pour moins de 20 euros. Tout ce que Mathieu a trouvé sur la route, c'est un traiteur qui se revendique thaïlandais, mais vend aussi des sushis, redéfinissant les contours d'une géographie culinaire. « Je t'ai pris des nems », sourit-il. Et Sophia le trouve charmant. Ils quittent la route principale, s'engouffrent dans la forêt. Le sentier se rétrécit. Dans l'obscurité, les sinuosités se dessinent à brûle-pourpoint. La végétation se fait plus dense, la neige plus épaisse. Les phares furtifs parfois éclairent les empreintes d'un renard, d'une belette ou d'une marte. Seule la complainte d'un hibou trouble le silence de cette nuit. À mesure qu'ils s'enfoncent dans le bois à la recherche d'une intimité relative, Sophia entend résonner dans sa tête le générique de *Faites entrer l'accusé*. Son ventre se noue. Ses mains deviennent moites. Et si elle finissait dans la rubrique « faits divers » ? Que penseraient ses parents quand les flics frapperaient à la porte ? Ils la croient alitée avec une bouillotte et une migraine ; elle est sur le point de se faire trucider à coups de baguettes chinoises.

L'odeur de graillon et de curry la rassure : aucun serial killer n'aurait sillonné le département pour qu'elle bouffe asiatique. Mathieu coupe le contact aux abords du chemin qu'elle lui indique – par ailleurs réputé pour être un « coin à champignons », mais ils ne sont pas venus pour cueillir des cèpes. Mathieu refuse de laisser des blancs s'installer. Son thème de prédilection ? La Vache qui rit. Ils engloutissent le dîner, à moitié froid, dans une barquette en plastique à usage unique. Sophia grimace. Est-ce la vision d'une tortue mutilée par cet emballage, qui risque fort de finir dans l'océan, qui l'écœure ? – elle est très au fait des défaillances dans la chaîne de recyclage : elle suit Hugo Clément sur Instagram. À moins que les questions-réponses de Mathieu ne l'agacent...

— Tu sais que cette année la Vache qui rit a eu cent ans ? D'après toi, combien de portions individuelles sont consommées chaque seconde dans le monde ?

Sophia hausse les épaules. Un nem ramolli par le transport lui colle aux dents.

— Vas-y, dis un chiffre ! s'enthousiasme l'autre.

— J'en sais rien...

— Dis un chiffre au hasard !

La mâchoire de Sophia se crispe. Le tapis de sol étouffe le battement nerveux de son pied.

— Quarante-deux, finit-elle par lâcher, pour qu'il fasse de même.

— Eh non, cent vingt-cinq !

Il frétille sur son siège, les yeux brillants. Elle avait bien remarqué qu'il adorait son job, mais là on frôle le trouble psychique. Ce n'est plus un rencard, c'est un cours d'histoire. Le nom de la marque de fromage trouverait son origine dans l'œuvre de Wagner : « Walkyries, Vache qui rit. Tu l'as ? » Sophia commence à se demander si c'est une bonne idée d'inviter ce type pour Noël. Certes son penchant pour les quizz mettrait un peu d'animation à l'heure de l'apéro, mais il faudrait ensuite se le fader tout le dîner. « Pourquoi la Vache a-t-elle des boucles d'oreilles ? » Trop, c'est trop. Elle lui saute dessus, l'embrasse fougueusement. Qu'il se taise, c'est tout ce qu'elle demande. Il se défroque tant bien que mal, l'attire contre lui. À califourchon, elle remonte sa jupe. Ses bas glissent sur ses cuisses. L'attache de la ceinture de sécurité lui meurtrit le genou. Le volant lui heurte les lombaires à chaque coup de reins. Le sapin parfumé qui pendouille au rétro tressaute au rythme des secousses. Qui de Sophia ou Mathieu déclenche par mégarde les essuie-glaces, puis les phares ? La voiture clignote comme un arbre de Noël. Sophia agrippe le repose-tête d'une main, prend appui contre la vitre de l'autre. À voir la trace dessinée sous ses doigts sur le carreau embué, elle repense au *Titanic*. La scène de la voiture. Et cette éternelle controverse : était-ce la main de Rose ou de Jack contre le pare-brise ? Elle n'a pas le temps d'en débattre. Elle a entendu un bruit. Mathieu lui fait signe de se taire, retient son souffle et plus si affinités. « C'est un lièvre, statue-t-elle, la voix entrecoupée, au pire un sanglier. » Il se laisse aller. Sophia ne peut retenir un cri qui n'a rien d'orgasmique : « Oh putain ! »

Des lumières, braquées droit sur eux.

*

C'est le maréchal des logis Chamoux qui a donné l'assaut.

La patrouille regagne les Rousses par la route de Cuvaloup. La soirée est calme. Ils n'ont pas croisé âme qui vive depuis vingt bornes, quand ils repèrent au loin, à peine visible entre les sapins, un véhicule isolé. L'endroit est bien connu des amateurs de girolles et des couples illégitimes. « Arrête-toi ! » ordonne-t-il à son subalterne. Le brigadier gare la camionnette de la gendarmerie nationale à bonne distance du véhicule rouge, de marque Seat, immatriculé 39. « Encore un don Juan, flaire le gradé, lui et sa douce, on va les prendre en tenaille. » Il dirige ses troupes comme autrefois son père en Indochine. « Pierrot, Aymeric, vous prenez à droite, Kévin tu viens avec moi. On prend à gauche. » Kévin, c'est un peu son second, son poulain, le fils qu'il n'a pas eu. Le jeunot qu'il a pris sous son aile et aimerait un jour voir voler plus haut que lui. Dans cette série qu'ils regardent à la télé avec son épouse, *Suits*, qu'il prononce « suite » – il a toujours rêvé de marcher dans les pas de De Gaulle, mais du Général il n'a réussi qu'à égaler l'accent anglais –, dans cette série donc, il y a ce gamin, Mike, un blondinet sans diplômes dont l'intelligence surclasse celle de tous les autres. Kévin, c'est son Mike Ross à l'échelle de la gendarmerie des Rousses.

Les hommes rampent dans la neige. Chamoux se couvre de broussailles. Alors qu'ils avancent en colonne, tous derrière et lui devant, monte l'adrénaline d'une guerre qu'il n'a pas connue. Les gendarmes en formation encerclent le véhicule, qui remue et couine, confirmant ses hypothèses. « À nous deux, Roméo… » À son signal, les hommes bondissent de toutes parts, braquent sur la Seat Ibiza des torches à peine moins puissantes que les projecteurs des clubs mythiques de l'île des Baléares. « Gendarmerie nationale ! Sortez les papiers du véhicule. »

Sophia rabat sa jupe sur ses cuisses dénudées : « Oh putain ! » La lumière les aveugle. Mathieu, hébété, baisse la vitre, s'efforce d'obtempérer bien qu'ils soient encore emboîtés l'un dans l'autre. Par quel miracle parvient-il à attraper sa carte grise et son permis dans la boîte à gants ? S'ensuit un sermon interminable. L'exhibition sexuelle sur la voie publique est un délit passible d'un an d'emprisonnement et de 15 000 euros d'amende selon l'article 222-32, paragraphe 4, du Code pénal. Sophia s'efforce de rester digne, malgré sa chair apparente et sa culotte accrochée au levier de vitesse. Le contrôle technique n'est pas à jour et le feu arrière droit défectueux, les chefs d'accusation sont nombreux. Mathieu transpire de plus en plus, malgré le froid qui, depuis le début de l'intervention militaire, a envahi sa caisse et rabougri son sexe. Sophia grelotte, souffle sur ses doigts. Elle voudrait juste se rhabiller tranquille, si ce n'est pas trop leur demander. Elle va se choper une angine, à tous les coups. Tout le monde va penser qu'elle a le Covid et la regardera comme une pestiférée au moindre éternuement à la supérette du village. Ses propres parents vont la mettre en quarantaine. Elle les imagine d'ici, déposer des bols de bouillon et des grogs devant sa porte. Chamoux se montre magnanime. Les tourtereaux s'en tirent avec un rappel à la loi et une amende forfaitaire de 135 euros pour défaut de contrôle technique.

Les gendarmes se replient vers la camionnette abandonnée en contrebas. Les dissidents se désenchevêtrent, un peu sonnés. Mathieu tire une bouteille de sous son siège et boit une rasade. « Liqueur de sapin », déchiffre Sophia sur l'étiquette verte et dorée. À l'arrière, une grande quantité de spiritueux est entreposée. Elle n'y avait pas prêté attention jusque-là. Elle doit le regarder d'un drôle d'air, car il s'empresse de bafouiller : « Mon frère a repris une distillerie. » Sophia boit à son tour, au goulot. Sacrément fort comme truc. Mais plutôt bon. Herbacé. L'alcool la réchauffe et la requinque. Ils restent là un instant, à regarder la neige tomber, à échanger la bouteille plutôt que des mots. Mathieu remet le contact.

— Super, ton « coin tranquille », raille-t-il.

— C'est de ma faute peut-être ?

La vache ne rit plus du tout.

Les yeux rivés sur la route, Mathieu ne dit rien. Sa conduite est moins souple, plus agressive. Pour un peu, il lui demanderait de lui rembourser son amende. Aux abords de Pré-des-Sources, Sophia ne se sent pas très bien. L'habitacle, où persiste une odeur de friture froide, les courts de tennis, l'unique lampadaire, le clocher enneigé, tout tourne autour d'elle. De plus en plus vite. Elle sort de la voiture comme d'un manège en marche, manque de se rétamer sur le trottoir. Elle n'a pas atteint son immeuble que Mathieu redémarre : « À plus. » Elle lève le bras, moins pour le saluer que pour trouver son équilibre. Ils savent tous deux qu'ils ne se reverront jamais. Lui n'est pas prêt à se reprendre une prune pour ses beaux yeux violets, dont il n'a d'ailleurs pas bien vu la couleur dans la semi-obscurité. Elle n'est pas près de rebouffer de la Vache qui rit. Elle titube jusqu'à son immeuble. La porte refuse de s'ouvrir. Non, non, non ! Pitié, pas ça. Après plusieurs tentatives infructueuses, Sophia doit se rendre à l'évidence : le code a changé. Ou alors elle a l'alcool dyslexique. Elle recommence, se concentre autant que son alcoolémie le lui permet. Une fois les numéros du quinté remis dans l'ordre, elle pénètre dans la résidence. Une chaleur se répand en elle, ralentit ses gestes, engourdit ses muscles. Elle se sent chavirer, se rattrape à la brouette du gardien, échouée là, sous le porche. Sa chambre n'est qu'à quelques mètres. Passer la seconde porte. Traverser la cour. Contourner l'immeuble. Enjamber le rebord de la fenêtre. Trouver son lit. Ça lui paraît insurmontable. La brouette providentielle l'appelle. Elle s'y vautre comme dans un futon.

*

« Monsieur Mornay, regardez ce que j'ai trouvé ! » appelle le gardien.

Sophia ouvre un œil et son père la fenêtre de la cuisine. Elle s'éveille tout à fait. Sous sa joue, le métal est froid. Elle a mal au dos, mal au crâne, mal partout. Sous son corps, ça bouge. Elle roule. Oui, elle se déplace sans toucher terre. Comment diable est-ce possible ? Elle se redresse. L'image de la brouette se recompose dans son esprit. Et tout lui revient.

Le gardien la transporte jusqu'à la porte d'entrée. Les cahots lui donnent envie de vomir. Elle croise le regard de son père. Triste plus qu'en colère. Et terriblement honteux. Il aide sa fille à s'extraire de cette couche de fortune et congédie le gardien : « Merci, Lucien. » Henri Mornay dirige son unique fille à travers le couloir. Elle est frigorifiée. Ses cheveux sont un magma inextricable. Ses traits sont tirés, ses bas filés. Il se dégage de ses vêtements une odeur pestilentielle. Une clocharde, sa propre fille a l'air d'une clocharde. Sophia tangue jusqu'à la salle de bain, où il l'abandonne. Sans un mot. Elle prend une douche bien chaude. Le contact de l'eau est agréable sur sa peau. Sous le jet, ses idées se font plus claires. Qu'est-ce que c'était que cette liqueur de sapin ? Une saloperie frelatée ? Plus jamais, on ne la reprendra à boire un truc pareil. Non seulement ses parents risquent de l'envoyer en désintox, mais en plus elle n'a toujours personne avec qui tartiner les toasts à Noël. Elle s'enveloppe dans un peignoir, noue une serviette en turban autour de ses cheveux humides qui sentent la granny smith – sa mère a des goûts originaux en matière de shampoing. Ses ablutions s'éternisent, retardent la confrontation. Elle a si faim qu'elle dévorerait un par un tous les hamburgers planqués dans le compartiment à glaçons de son mini-frigo si elle était chez elle. Dans le congélateur de ses vieux, aucune chance de trouver un aliment avec un Nutri-score supérieur à B. Au bout du couloir, des éclats de voix. Sophia surprend la conversation qui s'échappe de la cuisine. Elle s'approche. L'heure est grave.

— Qu'est-ce qu'on a foiré avec elle ? pleure sa mère.

— On la refout dans un train ! braille son père. Elle déconne à pleins tubes. Se comporter comme ça, sous notre toit ? C'est une honte !

Sa mère renifle.

— Te faire ça à toi, avec tout ce que tu traverses ! s'insurge-t-il. Je vais la renvoyer à Paris, ça va être vite vu. Qu'elle prenne un peu de plomb dans la tête.

Odile se mouche. Henri la prend dans ses bras.

— On ne peut pas la laisser seule au moment où elle a le plus besoin de nous.

— Tu es trop gentille avec elle, Odile, tu l'as toujours été.

Sophia fixe depuis le seuil ses deux parents vieillissants enlacés. La violence de l'échange lui a coupé l'appétit. Il y avait bien longtemps qu'elle ne les avait pas vus si soucieux. Leurs chevelures s'entremêlent.

De nouveaux cheveux blancs y naissent par sa faute. Toujours à se faire du mouron pour elle. Toujours à l'aider à boucler ses fins de mois, quand leurs congénères partent en croisière ou en cure l'esprit léger.

Sur le mur, la main en pâte à sel. Sa main de petite fille. À quoi rêvait-elle alors ? Sophia n'en a que des souvenirs imprécis. Ce dont elle est certaine en revanche, c'est de n'avoir jamais aspiré à devenir cette épave à la voix éraillée, cernée avant l'âge, qu'elle aperçoit dans le miroir de l'entrée. Le moulage l'hypnotise. Main tendue. Main qui la gifle et, par ce geste, la réveille. Sophia file dans sa chambre. Elle range la drogue dans la boîte à bijoux de sa grand-mère, se débarrasse des bières dissimulées dans son placard. L'empreinte d'une paume et de cinq doigts la somme de se reprendre en main.

PARTIE II

Le lotus

Qui n'a jamais dormi dans une brouette ignore ce qu'est une journée difficile. Sophia presse les touches, un repose-tête gonflable autour du cou. Un torticolis raidit sa nuque. Chaque mouvement la lance jusqu'à l'omoplate. Elle qui d'ordinaire semble jouer du Satie sur son clavier, tire la langue ce matin. « Sonotop, numéro un de la prothèse auditive ». Pas assez pêchue comme accroche. « Sonotop toujours au top ». Naze. « Son'au top ». Encore pire. Ni les antalgiques ni le *roll-on* à base d'huiles essentielles périmées, dégoté dans l'armoire à pharmacie des W-C, ne la soulagent. Sophia lutte contre le sommeil. Elle n'a plus le droit à l'erreur. Joséphine Poulain a été claire : « À la prochaine bourde, c'est la porte. » Depuis la généralisation du télétravail, Jo a découvert une nouvelle fonctionnalité de Teams, une merveille technologique développée par des ingénieurs vicieux, outil de traque pour manager désœuvré : le capteur de mouvements. Le logiciel détecte l'activité de la souris. Un statisme prolongé est immédiatement signalé. Le voyant-mouchard passe du vert au jaune, couleur des traîtres, déclenchant le plan Orsec ou son équivalent. Hurlerait-on « Branleur ! Branleur ! » dans un mégaphone qu'on n'obtiendrait pas résultat plus probant. Jo intervient dans la minute. C'est tout juste si elle n'envoie pas des drones en reconnaissance de terrain et le GIGN en embuscade. Tout dissident subit un interrogatoire digne d'un contrôle de sécurité à l'aéroport de Moscou : « Que faisiez-vous hier soir ? À qui avez-vous parlé ce matin ? Est-ce que quelqu'un que vous ne connaissez pas vous a remis un objet ? Qui d'autre que vous a eu accès à votre bagage ? » À l'écouter insinuer cela, sournoise, avec son carré blond cendré, ses petits yeux perçants, si clairs que l'on croirait l'impact de deux balles tirées à bout portant, on se dit que Jo aurait vite pris du galon dans les renseignements.

Sophia pique du nez. Malgré ses lentilles de contact, le paragraphe rédigé en Verdana 13 sur le back office du site de Sonotop est flou. Les lignes s'entrecroisent. Les phrases dansent le limbo. L'alcool de sapin lui reste sur l'estomac ; le long de son œsophage un épicéa pousse. Sa sève lui brûle la gorge. Ses épines la griffent, embroussaillent son esprit. Vert, tout est vert. Hormis le voyant qui vire au jaune : Sophia s'est assoupie. Les touches n'ont pas le temps d'imprimer leur marque sur sa joue que déjà la sonnerie de son portable la réveille :

— On peut savoir où tu es ?

Sophia outre la courtoisie :

— *Bonjour*, Joséphine. Comment vas-tu ?

Joséphine consent à quelques politesses, mais revient bien vite à la charge :

— Pourquoi tu n'es pas connectée ?

— Je me fais un café, ment Sophia.

Elle bout autant que l'arabica fictif dans la cafetière. « Tu veux que je t'envoie mes coordonnées GPS ? Il faut que je pose un RTT pour aller aux chiottes aussi ? Mes parents doivent te signer un mot dans le carnet de correspondance ? » se retient-elle de hurler autant que de pisser. Pas le temps d'aller aux toilettes non plus avec cette surveillance généralisée.

— Merci de te reconnecter dans les plus brefs délais.

Joséphine a déjà raccroché. Sophia voudrait dégommer la maudite souris, comme Jackie Chan une brique de l'arête de la main, mais tout ce qu'elle réussirait à se péter, c'est un ongle, au mieux l'auriculaire.

Le soir même, elle convoque des états généraux. Sur Skype. Sophia doit remonter la pente. Les « Meilleurs » écoutent patiemment le récit de sa nuit de galère, ses ennuis au travail, ses recherches de mec, toujours infructueuses.

— Ça, c'est ton Uranus en Bélier qui fout le bordel, ma chérie, commence Marion, qui a toujours une interprétation très personnelle des événements depuis qu'elle rédige l'horoscope de *Biba,* ça devrait se régler à la prochaine lune. Mais, d'ici là, il faut que tu trouves un moyen de canaliser ton ascendant. Tu ne peux pas te laisser dominer par ton Scorpion…

Agnès et Raph ont une approche plus pragmatique : avant d'être *bien avec quelqu'un*, Sophia doit être *bien avec elle-même*. Ça aussi, ça sonne comme un titre d'article de magazine féminin. Un numéro un peu daté, du genre de ceux qu'on trouve écornés et pleins de microbes dans les salles d'attente. Se reprendre en main. Redorer son blason au travail. Se remettre au sport. Leurs conseils ont tout l'air de résolutions du Nouvel An avant l'heure.

— Comment je fais ? soupire Sophia, Jo me traque !

Raphaël s'allume une clope.

— Il doit bien y avoir un moyen de faire bouger cette foutue souris pendant que tu fais autre chose…

— Comment tu fais, toi ?

Sophia s'en veut de n'adresser la question qu'à Raph, mais, d'un autre côté, Marion pond ses prédictions astrologiques depuis Zanzibar, où elle est plus *free* que *free-lance*. Quant à Agnès, depuis qu'elle s'est mariée, elle ne travaille plus. Officiellement, elle est artiste peintre. Officieusement, elle change les couches de Valtesse et Athénaïs, ses filles, jette un peu de gouache sur des toiles pendant leur sieste, si l'épuisement maternel n'annihile pas totalement son inspiration.

— Moi ? souffle Raph avec sa fumée, je bosse vraiment.

Il y a toujours eu deux clans dans leur petit groupe. Sur les bancs de l'école déjà, Agnès et Raph étaient de vrais fils de pub. Étudiants zélés, stagiaires corvéables, employés *corporate*, ils ont très tôt prostitué leur esprit critique. Sophia et Marion, elles, ont toujours été en rébellion. Contre la servitude, toute forme de hiérarchie, l'aliénation, le patronat, le patriarcat, l'uberisation de la société, la droite, la gauche, les lobbies, Amazon, Facebook, Big Brother, la violence animale, le puritanisme ambiant, la dictature de la taille 36, Polanski, l'amiante et le grand capital.

— Et un vibro ? suggère Agnès pour en revenir à leurs moutons – en l'occurrence à leur souris.

Les rires saturent les micros. Entendre cette fille, avec ses perles, ses mocassins et son air de ne pas y toucher, parler *sextoys* est jouissif.

— Je ne plaisante pas, se défend-elle, un vibromasseur, un peu de chatterton pour fixer le tout, un bon stock de piles et le tour est joué !

Dommage qu'Agnès ne bosse plus. Son inventivité ravirait n'importe quel directeur R&D en panne d'inspiration. L'idée séduit Sophia. Le problème ? Son vibro est mort sur une aire de repos – ça ne s'invente pas – du côté d'Auxerre. Elle farfouille dans son tiroir à la recherche de l'engin, actionne le bouton en vain.

— *Dead,* commente-t-elle.

— Il faut lui organiser des obsèques, s'enthousiasme Marion.

Des tambours chamaniques, des colliers de fleurs, des poudres colorées dignes d'une fête indienne, des rythmes électriques, plus qu'une danse, une transe, un cocktail à son nom, des amis pieds nus dans le sable, dress code : Coachella, un long cortège, quelques mots choisis, sobres, une rétrospective photographique des bons moments passés ensemble, James Blunt en fond sonore : *Goodbye my lover, goodbye my friend, you have been the one, you have been the one for me.* Sophia laisse Marion divaguer. Pour l'heure, elle a d'autres priorités que d'engager un croque-mort hippie pour enterrer le phallus de plastique qui a définitivement rejoint le septième ciel.

Comment s'en procurer un nouveau ? Recevoir un colis estampillé Adam & Ève ou Passage du désir chez ses parents, ça fait désordre. Une fois encore, Agnès est pleine de ressources, et ce n'est pas parce qu'elle payait l'ISF avant sa suppression :

« Sephora ! » Marion et Sophia ouvrent des yeux ronds. Même Raph la fait répéter. Agnès s'explique. Sa cousine dirigeait autrefois la boutique de Claye-Souilly. Quand l'enseigne de cosmétiques a sorti les fameux palmipèdes vibrants, il y a quelques années, pour donner un coup de jeune à la marque, elle a passé six mois à courir dans les rayons après les canetons cochons que les chalandes mettaient en branle sur les présentoirs avant de déguerpir, ne sachant arrêter ces increvables bestiaux. Un jour, les piles se sont essoufflées. Pour ménager son équipe, harassée par cette course-poursuite infernale, la directrice a boudé les Duracell et chacune a pu retourner à ses crèmes de jour et mascaras.

Sophia reste songeuse. C'est exactement ce qu'il lui faut.

*

Sitôt sa commande avec livraison express validée, Sophia bourre dans la corbeille à papier l'ancien modèle, oblong, irrémédiablement impotent. Ses errances sur Internet lui ont d'ailleurs appris qu'elle n'est pas la seule à avoir un problème de souris moucharde. Les forums regorgent de combines hasardeuses. Les bricoleurs du dimanche ont relié, avec plus ou moins de succès, leur souris à un ventilateur pivotant au moyen d'une ficelle à gigot.

Une physicienne a proposé une technique de fraude avec un verre, dont Sophia n'a pas saisi toutes les subtilités. Le reflet du rayon lumineux sur le récipient transparent aurait semble-t-il une incidence sur la mobilité du curseur. Un titulaire du bac scientifique a planché sur l'effet probable de l'exposition au soleil. Chacun y va de son équation. Tous tentent de torcher une solution sur un coin de paillasse. Le système de traque des télétravailleurs rend fou. Mieux employée, cette énergie collective aurait déjà permis de mettre au point un vaccin contre le cancer. Sophia se fait une promesse : si le stratagème d'Agnès fonctionne, elle partagera cette découverte avec le reste de l'humanité.

Pour l'heure, elle traverse le salon où ses parents suivent, captivés, les péripéties d'une Corinne Masiero attifée d'une chapka. Sophia dissimule le contenu de sa corbeille dans la poubelle de la cuisine – tant pis pour le tri sélectif. Cas de force majeure. Et puis, ce n'est pas comme si elle ne faisait pas sa propre lessive à base de savon de Marseille et de cristaux de soude. Elle noue le sac et l'emporte. Odile et Henri échangent un regard stupéfait. Il est près de 22 h 30, la capitaine Marleau a presque résolu son enquête. « C'est à cette heure-là qu'elle sort les poubelles ?! » Henri offre le dernier carré de chocolat à son épouse. Elle n'a encore rien avalé au dîner, les rayons lui assèchent la bouche. Odile hausse les épaules. Après tout, si elle veut faire un peu de ménage dans sa vie, grand bien lui fasse. Sait-elle seulement où se trouve le local ?

Le gardien a déjà sorti les bennes. Le bac des ordures ménagères déborde. Sophia étudie l'amoncellement, perplexe. Impossible d'ajouter un sac. Forcer ? S'asseoir sur le couvercle ? Elle dépose son ballot au pied du monticule. À même le trottoir.

Le surlendemain, le facteur est passé, mais pas les éboueurs. Sophia intercepte son colis et file à la supérette se procurer les fournitures nécessaires au sabotage. Elle esquive Lucien, qui crie déjà au complot : « Vous n'allez pas me faire croire que la météo a bloqué le camion-poubelle ! Un Jurassien, ça sait poser des pneus neige avant d'avoir le permis. Non, à mon avis, ils font grève et ils ne veulent pas le dire. Marseille, Paris, ça leur a donné des idées. J'ai un ami qui est éboueur, vous savez, Yves, le fils de René qui avait la quincaillerie… »

À son retour, Sophia trouve sa mère et Mme Marquez en grande discussion devant la résidence. « Comment va la santé ? Vous supportez bien les rayons ? » Le teckel de l'octogénaire fourrage du côté des déchets organiques. Merde ! Sophia surveille sa progression Elle sonde ses poches à la recherche d'un vieux biscuit, une barre de céréales, n'importe quoi pour attirer ce fichu clebs et faire diversion.

Rien. Des tickets de caisse froissés, des mouchoirs usagés, elle n'a pas même un paquet de chewing-gums. Juste un flacon de gel hydroalcoolique et un rouleau de chatterton. L'idée de museler l'animal au ruban adhésif lui traverse l'esprit. Sophia regarde, impuissante, le chien déchiqueter le sac.

Le contenu se répand sur le bitume.

— Vénus ! appelle sa maîtresse.

Le toutou rapplique, un trophée dans la gueule – comme pour se foutre de celle de Sophia. Mme Marquez se penche autant que sa prothèse de hanche le lui permet :

— Qu'est-ce que tu as trouvé là ? Donne à maman !

Entre les crocs du chien, une grosse bite en plastique rose.

Le gardien déboule sur ces entrefaites, armé d'un balai et d'une pelle dont il assommerait bien le saligaud qui a fait ça :

— Voilà ce qui arrive quand on ne met pas ses ordures dans le container...

Il entreprend de collecter épluchures et emballages que le vent emporte. Sophia se précipite pour ramasser les détritus :

— Les gens n'ont vraiment aucun savoir-vivre !

Odile Mornay croit reconnaître le motif de son sopalin, la marque de ses sachets de tisane, flétris comme de vieilles figues, le butternut qu'elle a évidé mardi, les coquilles d'œufs – vestiges de son omelette de mercredi – ; le filtre du café qu'elle a servi à Mme Marquez pas plus tard qu'avant-hier. Cette coïncidence la trouble. Ce ne peut qu'être une erreur.

À 14 heures tapantes, Sophia à son poste, voyant au vert, procède au montage hasardeux imaginé par Agnès. Elle allume le canard paré de strass, retient son souffle, guette un couac sinon un coin-coin. L'installation précaire semble fonctionner. Sophia applaudit ce petit miracle. Que les autres esclaves de Sonotop rament à une cadence intenable sans moufter si ça leur chante. En ce qui la concerne, elle va piquer un roupillon bien mérité. Un communiqué de presse digne d'un cabinet ministériel, publié il y a quelques jours, a atténué le scandale, qualifié par les médias nationaux de « crise du logo ». Bientôt la déferlante de haine sur les réseaux ne sera plus qu'un souvenir. D'ici là, Sophia fait la seule chose à faire le temps que se tarisse le flot d'immondices : désactiver les commentaires. Sur le chat privé, aucun message du stagiaire. A-t-il été échaudé par l'irruption de Jo lors de leur dernier échange ? Dommage. Elle se glisse dans ses draps, cherche à tâtons ses bouchons d'oreilles. Sur son bureau, souris et colvert copulent allègrement. Elle n'est pas sûre que l'hybridation des espèces soit bien légale, mais elle doit prendre des forces : ce soir, elle se remet au sport.

*

Sophia patiente, moulée dans le legging qui lui sert d'ordinaire de pyjama. Le cours va commencer. *Summer fit power*. Elle n'a aucune idée de la signification de cet intitulé abscons. « Viens, y a plein de beaux gosses et ils ne sont pas tous gays », lui a soutenu Raph pour la motiver. Affirmation confirmée par Agnès, dont l'assiduité à ces séances d'entraînement sur Zoom tient plus au physique des participants qu'à sa difficulté à retrouver sa ligne après sa deuxième grossesse. Le gourou du fitness, qui a la bosse du commerce en plus d'un fessier bombé, offre la possibilité de suivre ses cours en présentiel ou à distance, maximisant ainsi le nombre de fidèles. Sophia a emprunté un tee-shirt à sa mère. Elle a dégagé l'espace devant l'écran, s'est équipée de son mieux. En guise d'haltères, une bouteille de vin jaune dans chaque main. Et pour les lests, un paquet de basmati Taureau Ailé fixé à chaque cheville par du ruban adhésif – décidément fort utile.

« Vous êtes prêts à tout donner ? hurle le coach survolté, ça va piquer ce soir ! On va cramer de la calorie ! » Après l'échauffement, Sophia est déjà en nage. L'autre gueule toujours comme un putois ses indications sibyllines : « Jump squat, burpees, donkey kick, mountain climber ! » Elle ne comprend rien à ce charabia. Maintenant, pour faire du sport, il faut un master d'anglais. Sophia imite de son mieux la gesticulation de l'entraîneur, un mètre quatre-vingt-dix, quatre-vingt-huit kilos de muscles, tatouage seyant sur biceps hypertrophié. Pour lui, l'exercice semble si facile. Une promenade de santé. Sophia, elle, sue comme un goret, crache ses poumons entre deux sauts, frôle la lombalgie pendant le travail du moyen fessier, et reste en PLS au milieu de la première série d'abdos. « Tu les veux, les pêches dans ton jean ? Go go go ! On n'a rien sans rien. C'est au mental que ça se joue ! » – le coach est aussi philosophe. Sophia se débarrasse des haltères et lests de fortune, s'asperge avec sa gourde sans bisphénol. L'autre s'époumone toujours, pire qu'un DJ de mariage à qui on a fait l'erreur de confier un micro : « On le veut, le *booty* de Shakira, on le veut ! » La séance s'achève par un simulacre de méditation. Sophia excelle enfin. Assise en tailleur – « en fleur de lotus », jargonne l'expert –, elle reprend son souffle, retrouve sa paix intérieure. Une sérénité de courte durée. Des dizaines de messages hystériques encombrent le chat autant que son téléphone. Raph et Agnès ont gratté le chrono pour alerter la néophyte : « Tu as oublié de couper ta caméra, on ne voit que toi ! », « Coupe ta caméra !! », « Ça va, Soso ?! T'as pas l'air bien… » Fait chier. Sophia contemple son reflet dans le miroir au-dessus de la petite commode, où trônent encore les flacons d'*Amor Amor*, de *Flower* by Kenzo, et de *Coco Mademoiselle* dont elle se parfumait ado. Son visage rougeaud dégouline. Des auréoles nimbent le tee-shirt de sa bigote de mère. Avec une dégaine si misérable, aucune chance de trouver l'amour au cours de sport. Pire, tout le monde a pu suivre en direct la médiocrité de sa performance et apprécier la sophistication de son équipement. Au milieu des SOS, un SMS. C'est Marion : « Appelle quand tu peux. J'ai une grande nouvelle à t'annoncer ! »

*

— J'ai décidé d'avoir un enfant ! piaille Marion, surexcitée.

— Tu as rencontré quelqu'un à Zanzibar ?

— Pas besoin !

— Ah ?

Marion éclaire Sophia que tant d'informations étourdissent : elle va se faire inséminer en Belgique. Le rendez-vous est pris pour le 1er janvier, idéal en termes d'alignement des planètes – et d'ovulation. Tout est réglé, à l'exception d'un détail :

— Tu veux bien m'accompagner ? J'ai un peu la trouille d'y aller seule.

Sophia imagine aisément la tête de Nadine et Jean, les parents de Marion, quand leur fille leur apprendra la nouvelle. Pas sûr qu'ils adhèrent à la démarche – si alignées les planètes soient-elles. Élever un enfant seule est difficile. Faire un enfant seule l'est davantage. Dans ce combat, elle sera à ses côtés. Si Sophia a toujours eu l'instinct maternel atrophique – et son éco-anxiété n'a fait qu'accroître le dilemme, *« Baby or no baby, that is the question »* –, elle sait que Marion, elle, est une mère-née. Son optimisme bâillonne les peurs générationnelles. Bien sûr qu'elle se demande s'il est moralement acceptable d'infliger le futur qui se profile à des innocents, mais elle préfère s'engager, chercher des solutions d'avenir, agir plutôt que de se résigner. Sophia a toujours admiré le courage et la détermination de son amie.

— C'est formidable, ma chérie ! Évidemment que je viens avec toi.

Les formalités réglées, les filles bavardent un instant en Facetime. Pourquoi aller à Bruxelles ? Ils ne viennent pas de voter la PMA pour toutes à l'Assemblée ? « Si, mais il y a plus d'un an d'attente… » Sophia acquiesce, silencieuse. Marion change de sujet : « Ça s'arrange au travail ? » Sophia dévoile l'astucieux montage imaginé par Agnès : sur le bureau, palmipède et muridé copulent toujours. À l'autre bout du monde, Marion suit avec intérêt cet étrange documentaire animalier sur la reproduction dans le massif du Jura. Écouteurs vissés aux oreilles, portable à bout de bras, dans une posture d'instagrameuse qui a le don d'irriter ses parents, Sophia traverse le couloir jusqu'à la cuisine. « Quelqu'un veut une infusion ? » propose-t-elle à mi-voix. Elle ne se saoule plus désormais qu'à la tisane, ce qui constitue un net progrès dont Odile et Henri semblent se satisfaire. Ce soir, Marion a décidé de se pencher sur le cas de Joséphine Poulain, qu'elle ne connaît pourtant ni d'*Adam et Ève* – pas plus que du Passage du désir. Marion est très tournée vers son prochain depuis qu'elle est partie en Afrique. Elle a surtout tendance à oublier qu'elle n'a pas choisi sa destination pour faire de l'humanitaire, mais parce que Zanzibar était le seul pays, ou presque, où les clubs et les bars étaient encore ouverts pendant le confinement. « Elle a forcément une raison d'être aigrie comme ça… », palabre Marion. Sophia, moins encline à la bienveillance envers son bourreau, n'écoute que d'une oreille tandis que chauffe la bouilloire. Malgré les préceptes inculqués par sa mère et la bonne sœur qui assurait l'aumônerie au collège, Sophia n'est pas du genre à tendre l'autre joue, mais plutôt à filer un coup de boule. Elle s'est toujours sentie plus proche de Zidane en 2006 que de saint Matthieu l'apôtre. Plus de batterie. Merde. Elle débranche ses écouteurs pour mettre son smartphone dernière génération à charger – deux actions qui ne peuvent être simultanées, ce qui est quand même un comble quand on a acheté son téléphone au prix d'un SMIC. Sophia n'a pas investi dans les accessoires dernier cri. Pas question de céder à l'obsolescence programmée et aux caprices du fabricant qui la prend pour une pomme au point d'en faire son logo… Elle verse l'eau dans les tasses. Marion, sur haut-parleur, poursuit ses élucubrations à plein volume : « Il y a forcément un truc qui cloche dans la vie de Jo. Elle doit être malheureuse… » Sophia laisse la camomille infuser encore un instant. Un instant de trop : « Peut-être qu'elle en a marre d'être la maîtresse d'un type qui se branle en sniffant ses chaussettes sales ? » Dans le salon, Odile manque de s'étrangler avec un After Eight. Sophia arrache le chargeur, coupe le haut-parleur. Demain, à la première heure, elle se fait livrer des AirPods. Enfin, une contrefaçon – plutôt crever que de laisser son saint Matthieu prendre le pas sur son Zidane. Sophia rase les murs jusqu'à sa chambre. Marion, bavasse, imperturbable : « Et tes recherches de mec, ça en est où ? Tu seras au point pour Noël ? C'est le bon moment pour te remettre en chasse là, tu as la Lune en maison 3, et ça, les astres sont formels, ça veut dire renouveau, rencontre, coït. »

Le cerf en rut

Sophia avance vers la forêt de sapins. Derrière elle, les nuages s'entassent dans la vallée. On ne distingue plus la girouette du clocher. À la lisière du bois, un champ de gentiane hérissé de barbelés. Ses semelles s'enfoncent dans la neige et ses mains dans les poches de sa doudoune. Ses pas se fondent dans le brouillard. On n'y voit pas à deux mètres. Était-ce une bonne idée de sortir par ce temps ? Trop tard. Il est là, au point de rendez-vous. Seul dans un désert de neige. Le regard perdu au loin façon Lawrence d'Arabie, la peau burinée par le soleil d'hiver, pas le nez qui pèle comme les touristes. Sophia s'approche :

— Loïs ?

Sensible aux prédictions de Marion, elle a repris ses recherches. Elle a dégoté deux spécimens en voie d'extinction, parmi la faune qui pullule sur l'app de rencontres. À peu près son âge, un esprit a priori sain, dans un corps sans trop de disgrâce. Loïs, le premier candidat, est audio-naturaliste, sorte de preneur de son en milieu naturel – le métier a intrigué Sophia.

Elle le rejoint au départ d'un chemin de randonnée. Une jolie métaphore de la vie conjugale qu'auraient allègrement pu exploiter leurs futurs témoins de mariage si seulement elle était branchée alliance et modèle patriarcal. Sophia n'est pas du genre à rêver qu'on lui passe la bague au doigt, sauf quand elle se déhanche sur du Beyoncé. Un mec pour le réveillon, ce ne serait déjà pas si mal. Et si les choses se présentaient bien, on pourrait envisager de partager le loyer et l'abonnement Netflix.

Un éleveur de chiens entraîne son attelage. Sophia se couvre le nez au passage du traîneau. L'odeur détonne, parasite l'image idyllique. « Ça pue, hein ? » C'est une manière comme une autre de briser la glace. Sophia lui sourit. Loïs est de ceux que la barbe avantage : l'acné a grêlé son visage de cicatrices, mais que celui qui ne s'est jamais gratté un bouton lui jette le premier comprimé de Roaccutane. Ses yeux sont aussi clairs que ceux des huskys qui aboient au loin. Des boucles brunes s'échappent de son bonnet vaguement lapon. « On est là pour enregistrer une symphonie minimaliste », explique-t-il, chemin faisant. Il a cet air inspiré et distant des vrais passionnés. Sophia le trouve sexy avec sa nonchalance et ses chaussures de trek. Il a un petit côté Jack London en Alaska, ou disons Paul-Émile Victor si l'on est chauvin. L'explorateur phonique la charge de matériel. Sophia disparaît presque sous l'équipement volumineux. D'après ce qu'elle a compris, les prises seront samplées au mixage sur de la techno expérimentale. Elle le suit sans broncher à travers le paysage désolé. La neige a cessé de tomber. Entre les nuages filtre un rayon. La lumière aveuglante jette ses reflets sur l'étendue glacée, si éblouissante que des diamants y semblent enfouis. Ils n'échangent plus un mot. La perche alerte, le micro parabole dans le sens du vent, on capture le souffle dans les feuilles, le son du ruisseau, le craquèlement de la glace, l'écorce que tambourine le pic noir. Le grand tétras, on traque, le bec-croisé niché dans les branches, à moins que ce ne soit un cassenoix moucheté. Le piaf émet un cri strident : « Un cassenoix, c'est bien un cassenoix ! » tranche le mélomane.

Et c'est justement ce que Sophia commence à penser de son rencard.

La géologie réverbère les modulations. Les ondes glissent sur la falaise toute proche, se prolongent, persistent, leur reviennent avec un léger retard.

— Prodigieux, quelle acoustique de malade ! s'enthousiasme l'expert, tu entends comme la note s'étire ? On dirait un orgasme dans une cathédrale !

Sophia commence à se demander si elle ne s'est pas montrée trop clémente dans sa sélection, quand il l'entraîne vers une grotte :

— Tiens ça.

Sophia braque la torche que lui confie le preneur de son. Sous le faisceau doré surgit un décor inouï où stalactites et stalagmites se répondent – des incisives sur une mâchoire. Une rigole court le long des concrétions jaunies par le pollen. L'eau stagne par endroits. Sophia lève les yeux. Des fistuleuses monocristallines sont suspendues comme des milliers d'épées au-dessus de leurs têtes. Une ombre la survole. Sophia sursaute. Elle a vu quelque chose bouger, elle en est certaine. L'ombre rase à nouveau les pampilles de cet inquiétant lustre de cristal.

— Une chauve-souris, statue Loïs, concentré sur ses réglages.

Sophia frissonne. Elle vérifie ses cheveux, machinalement, éclaire la roche comme on contre des assauts, prête à parer l'attaque d'une horde de vespertilionidés. Un bruissement se fait entendre. Sophia recule. La pipistrelle et sa cohorte se sont réfugiées dans une faille. Loïs ouvre son sac à dos. L'angoisse la prend. Peut-être qu'il y dissimule une hache ? Tout ce cinéma n'est-il qu'une couverture ? À moins qu'il n'en transporte précisément une, soigneusement repliée, sur laquelle il dressera pour elle bougies et pétales lyophilisés, fraises transgéniques et mousseux. Musique du *Bachelor*. Fondu enchaîné sur coucher de soleil. « Sophia, acceptes-tu cette rose ? » Elle s'égare. Le *Bachelor* n'est plus diffusé, les fraises ne sont pas de saison. Tout ce que Loïs sort de son sac, c'est son Nagra, un enregistreur portable qui tient son nom du polonais « enregistrer » à la troisième personne du présent de l'indicatif, apprend-elle, et ça lui fait une belle jambe – ce qu'il n'a pas l'air d'avoir remarqué bien qu'elle soit fuselée dans un jean. Une stalactite accapare toute son attention. Plus précisément la goutte d'eau qui y point. Loïs retient son souffle. Un doigt sur les lèvres, le corps en tension, il fait signe à Sophia de ne pas bouger, de ne pas respirer tant qu'à faire. Aurait-elle pu disparaître tout à fait que ça l'eût arrangé. Il guette le point de bascule, le saut dans le vide, la chute. La goutte retombe sur le sol calcaire : « *Fa* dièse ! » hurle-t-il, victorieux. Sa joie ricoche sur la paroi rocheuse. L'écho duplique l'euphorie. Il y a, dans ce *fa* dièse, tout le sédiment, l'érosion, l'eau des plateaux jurassiens, les glaciations, le pléistocène, la fissure devenue cavité, les dépôts minéraux précipités là bien avant l'homme et l'invention de la musique. Loïs enregistre les gouttes qui tombent plus nombreuses, plus rapides sur la portée.

— Tu entends comme les rondes se muent en croches ? Tu ressens la déliquescence du rythme ? On est quasi sur de la berlinoise, là !

Sophia écoute distraitement le ploc-ploc conceptuel dont lui seul semble percevoir l'harmonie.

— Mmmmh, lâche-t-elle avec le hochement de tête connaisseur qu'elle réserve aux vernissages d'art contemporain auxquels elle ne comprend rien, ou aux dégustations « à l'aveugle » dans certains restos où le chef, non content de vous faire bouffer de l'anguille en croûte de chocolat, s'attend à ce que vous vous rouliez par terre en criant au génie.

— Et sinon, tu étais où au lycée, toi ?

— Chut ! la coupe-t-il.

Sophia déglutit. Elle s'efforce d'ignorer Batman et sa clique, concentre son attention sur la beauté des spéléothèmes. Après quelques minutes – qui lui semblent plus longues que l'ère glaciaire qui a vu naître cette grotte –, elle retente sa chance. On est tout de même venus pour lier connaissance, merde. Loïs lui lance un regard qui pourrait se traduire à peu près en ces termes : « Tu pourris la bande, bordel ! » Sophia souffle. Une fumée blanche s'échappe de ses lèvres. Elle abandonne là l'attirail, l'amant, la dièse, sort s'en griller une pour se réchauffer. Le délire Pocahontas, *Entends-tu chanter les esprits de la montagne ?*, c'était marrant cinq minutes, mais courir après ce monomaniaque avec une perche et un micro la refroidit davantage que les températures négatives en ce samedi de novembre.

Au loin, un cri rauque. Loïs se précipite hors de la caverne plus vite que si Platon lui-même lui était apparu :

— Oh la vache ! Ce n'est pas vrai !

Sophia écrase sa clope contre la roche, remballe son mégot – cinq ans de décomposition en milieu naturel, ça donne à réfléchir. Elle lui emboîte le pas, pas assez vite à son goût :

— Magne-toi ! On va le rater !

Sophia grelotte, réchauffe ses engelures dans ses gants polaires :

— Mais quoi ?! Qu'est-ce qu'on va rater ?

Sans répondre, l'oreille dressée tel un trappeur flairant une piste, Loïs dirige l'ignorante dans les sous-bois enneigés. Il déploie son matériel dos au vent, les larmes aux yeux.

— Incroyable ! murmure-t-il.

— On écoute quoi, au juste ? risque Sophia.

Loïs jette son casque. Des larmes coulent sur ses joues rougies par le froid :

— Tu la connais, la probabilité de capter le brame du cerf ? Tu la connais ? C'est rarissime, voilà. Et toi, toujours à la ramener, tu sabotes l'enregistrement avec tes questions à la con. Tout est niqué. Une journée de boulot de foutue !

Tout ce cirque pour un cerf en rut ? Sophia les plante, lui et sa perche, soulagée comme on peut l'être devant un sentier qui bifurque, un tube de Tipp-Ex, une voiture avec les clés sur le contact derrière l'église le jour de son mariage – dans la vie, il est bon de se rappeler qu'on a le droit à l'erreur.

Elle tourne les talons. La neige crisse sous ses bottines fourrées. Le pic noir fore toujours. Les arbres se ressemblent tous. Faute de balise, elle s'oriente au boucan d'une cascade, prie pour retrouver son chemin avant la nuit. Suivre l'étoile du berger, très peu pour elle, merci. Elle est fâchée avec les astres depuis que ceux de Marion l'ont conduite dans ce bourbier. S'ils pouvaient se ressaisir d'ici son prochain rencard, ce serait très aimable à eux.

*

« Rendez-vous devant le cimetière », disait le SMS de Jonathan. Un peu glauque comme endroit. D'autant plus que c'est là, sur une pierre tombale, qu'elle a perdu sa virginité. Il s'appelait Joël. C'était en 2003. Leurs parents les pensaient devant la *Star Academy* chez Anne-Charlotte, à se demander qui de Michal ou d'Élodie Frégé avait volé l'orange du marchand. En réalité, ils profanaient des sépultures – c'est du moins ce qu'aurait pensé Odile Mornay si elle avait eu vent de ces fornications intempestives. Jonathan pousse la grille. Sophia lui fait grâce de l'anecdote, on a vu mieux comme entrée en matière. Le long des allées de gravillons, ils échangent quelques banalités. Jonathan est cuistot dans un restaurant de fromages des Rousses. Il dispose trois feuilles de salade à côté des tranches de comté et prépare des dames blanches au dessert. Un CV qui a de quoi séduire Sophia : la dame blanche, c'est son dessert préféré. Le contact est plutôt bon, Jonathan plutôt pas mal. Un roux adepte de la gonflette, a priori pas son type d'homme – voir des mecs gober des œufs crus et des sachets de prot' au petit déj' lui a toujours retourné le bide –, mais le jeune homme a une fossette. Contre ça, elle ne peut pas lutter.

Jonathan ne semble pas insensible à ses charmes non plus. Sophia a soigné les petits détails. Elle a étrenné le kit de faux ongles envoyé par Raph, posé un RTT pour se faire un brushing, évitant toute mésaventure. La dernière fois, elle avait encore frôlé le licenciement. Elle avait abusé du mode *mute* de son ordinateur pour se défriser la bouclette tranquille pendant les calls. Jusqu'à ce qu'elle entende une voix insister : « À la com', c'est bon pour toi ? » Les vrombissements du séchoir à cheveux avaient englouti la requête de son interlocutrice. Et Sophia n'avait eu d'autre choix que de feinter : « Saleté de wifi ! Putain, on capte rien. » Elle avait trifouillé les câbles pour plus de crédibilité et, dans un geste désespéré, débranché la box, priant pour que sa collègue ait la bonté de reformuler sa demande par mail.

Le cimetière est presque vide. Au détour d'une allée, le caveau de famille de Jonathan. Il n'aura pas traîné à faire les présentations. Ils ne parlent plus. Comme pour ne pas troubler le sommeil de ceux qui reposent là, au pied de la montagne. L'éternité face aux monts du Jura. Jonathan, lui, semble ne pas avoir l'éternité devant lui. Il glisse une main dans son dos, réduit l'espace entre eux. Ses yeux cherchent les siens. Dans son cou, son souffle est chaud. Autour de sa taille, l'étreinte se resserre. Paupières mi-closes, elle sent ses lèvres effleurer les siennes. Un accent traînant, bien d'ici, qu'un touriste penserait suisse, résonne comme on s'interpose :

— Jonathan ! Qu'est-ce que tu fais là ?

Jonathan repousse Sophia, qui valdingue, manque de trébucher. Une croix providentielle retient sa chute. Pour un peu, elle se serait fendu le front sur le marbre. Elle est sonnée quand Jonathan bafouille :

— Sophia, je te présente Julot, mon beau-frère. Julot, voici Sophia, une collègue. Elle est nouvelle dans la région. Je suis tombée sur elle chez le fleuriste, elle m'a aidé à porter les pots…

Jonathan, marié ? Elle voudrait déguerpir. Julot ne semble pas remarquer que les chrysanthèmes, devant la stèle, ne sont plus de la première fraîcheur :

— Venez donc boire le café, tout le monde est à la maison !

Sophia cherche une bonne excuse pour se défiler. Pas question d'arriver les mains vides, et la boulangerie vient malheureusement de fermer. Julot déblaie ses réticences mieux que le patin de sa motoneige la poudreuse :

— Ma grand-mère a préparé le dessert.

Jonathan supplie sa prétendue collègue du regard : partir maintenant serait louche. Sophia refuse de briser un mariage, une famille peut-être – allez savoir si ce goujat n'a pas des enfants, un monospace, un chat et un épagneul ? Elle accepte cette invitation incongrue, moins pour épargner à une autre des désillusions que par pragmatisme – il est suffisamment difficile comme ça de rencontrer quelqu'un dans la région, nul besoin d'ajouter une nouvelle concurrente sur le marché des célibataires. Son sourire est forcé, son visage tendu. La déception lui serre la gorge. Jonathan cherche son regard, ose guetter un signe de pardon ou de connivence :

— Ça va ?

Tout ce qu'il trouve, c'est le coude, pointu, qu'elle lui enfonce dans les côtes. Julot marche devant, enthousiaste. Il a pour son beauf des sourires goguenards : « Alors comme ça, on a des collègues sexy et on ne les présente pas aux copains ? », et pour la demoiselle des œillades furtives qu'elle s'applique à ignorer.

*

« C'est l'occasion de rencontrer de nouvelles têtes ! Tout le monde sera là », a prévenu Julot, et il n'a pas exagéré. Dans la petite maison où il vit avec ses parents, sont attablées quatre générations. L'épouse de Jonathan, un gamin sur chaque genou, tente de négocier une trêve dans la guerre fratricide que se livrent ses rejetons. Elle accueillerait Sophia à bras ouverts si ceux-ci n'étaient pas affairés à séparer la progéniture. La grand-mère débarrasse les restes du déjeuner. Aux visages rougeauds et brillants, et aux décibels aussi, on le devine bien arrosé. Sophia accepte un café qu'elle ne boit pas, suit du coin de l'œil le numéro de père parfait et de mari modèle de Jonathan. Elle se tient à bonne distance. C'est compter sans la détermination de Julot à lui signifier son intérêt. Les mains sont baladeuses, les apartés nombreux. L'haleine chargée. Le grand-père semble partager les goûts de son petit-fils. Son âge avancé lui fournit une bonne excuse pour oublier des détails, des prénoms, et sa paluche fripée sur le cul de la demoiselle.

Sophia se dégage :

— Je ne vais pas tarder, moi…

La grand-mère reparaît avec un gâteau :

— Vous prendrez bien une part quand même ?

— Juste une petite alors…

Sophia s'assoit sur la chaise que Julot est allé chercher pour elle à la cuisine, heureuse de soustraire son postérieur aux assauts de l'aïeul. La grand-mère farfouille dans le tiroir du buffet décoré de poupées en costumes régionaux – un élégant défilé, une surenchère de couleurs, où rivalisent la bigoudène de la Bretonne et la mantille de l'Andalouse :

— Raymond, où qu'il est, le couteau ?

— Te bile pas pour ça.

Le grand-père descend au garage, qui lui sert aussi d'atelier, et revient avec une scie égoïne. Sophia a un mouvement de recul.

— Tu vas pas faire ça, Raymond, quand même ? proteste la mamie.

Le patriarche tranche le cumeau* de sa lame oxydée sous les acclamations. Julot sert l'invitée. La tarte, malmenée à la découpe, ressemble à de la bouillie où flottent des morceaux de pâte. La rouille a dessiné des traînées dans le flan. Sophia a une moue de dégoût, écarte du bout de la cuillère ce qui a été souillé. Les gamins courent autour de la table, pataugent dans une flaque malodorante, œuvre du croisé aux yeux vairons qui jappe après eux, sans que cela chagrine personne. Sophia renoue son écharpe :

— Je vais devoir y aller…

* Dessert jurassien, également connu sous le nom de « goumeau » ou de « kemeau ». Il s'agit d'une tarte au flan parfumée à la fleur d'oranger.

— Vous n'avez pas fini votre café !

Le grand-père la force à se rasseoir :

— Goûtez-moi ça, vous m'en direz des nouvelles !

Il sort une bouteille du buffet. Sur l'étiquette, l'inscription à la main a dégouliné. L'eau-de-vie coule dans les tasses. Les sucres s'imbibent de café et les esprits de gnôle. Les rires se font plus sonores, la conversation plus animée, plus décousue aussi. Sophia trempe ses lèvres dans le breuvage artisanal, qui a la même odeur que le gel hydroalcoolique dont elle se badigeonne aussitôt les mains. Mais qu'est-ce qu'elle fout encore là ? Elle comprend le sentiment d'Agnès, sobre dans une soirée où tout le monde est bourré. « Elle est où, la totoche à Jason ? » beugle la mère de famille. Tout le monde s'active. Sophia ne sait pas très bien ce qu'on cherche, mais elle soulève un coussin, histoire de dire qu'elle participe à la battue. Dans son coin, le chien mâchonne une proie suspecte que Julot, deux doigts entre les crocs, le force à recracher. Sur le carrelage, couvert de bave, à peine identifiable, aucune tétine, mais un faux ongle. Après vérification, Sophia constate qu'un postiche manque à son index. Fait chier. La mère finit par débusquer sous une chaise la tétine du plus petit, qu'elle trempe dans le nectar à 20 degrés. Sophia a un sourire crispé. Le grand-père pousse la chansonnette. Le chœur reprend avec lui le refrain : « L'eau ne fait rien que pourrir le poumon, goûte, goûte, goûte, goûte, compagnon, vide-nous ce verre et nous le remplirons. » Julot les accompagne. Sophia découvre un musicien de talent. Il lui lance, entre deux accords, des œillades langoureuses, dignes d'un bellâtre à mèche autour d'un feu de camp sur une plage des Landes, à ceci près que la guitare est ici un accordéon, la mèche dissimule une calvitie sévère et Hossegor est à neuf heures de bagnole.

Julot se penche à son oreille, son souffle empeste :

— Tu connais pas les paroles ?

Sophia secoue la tête.

— Elle est timide, ta copine, s'ébaudit le chanteur vedette, pelotant l'invitée au passage.

La mère de famille lui ressert une « lichette pour la route » :

— Décoince, la Parisienne !

— Il se fait tard…, retente Sophia.

— Alors comme ça, tu travailles avec mon mari ? Tu fais quoi au juste ?

Tous se taisent. Les regards convergent dans sa direction. L'invitation vire au traquenard. Sophia voudrait étriper Jonathan. Qu'est-elle supposée répondre ? Elle veut bien rendre service, mais n'est pas préparée pour un interrogatoire du KGB, a fortiori si le mensonge ne tient pas la route. Nouvelle dans la région ? Il ne pouvait pas trouver plus improbable : personne ne vient s'installer dans le coin. Il a déjà eu de la chance que Sophia ne soit pas une ancienne camarade de collège de sa femme. Fatalement, ici, tout le monde est l'ex d'une amie, d'une cousine, d'une sœur. Combien de fois s'est-elle amusée autrefois avec Anne-Charlotte à compter leurs conquêtes en commun ?

— La plonge ! intervient Jonathan, elle fait la plonge.

La main du grand-père s'égare à nouveau sur sa cuisse :

— Ah ben, on a du boulot pour toi à la cuisine !

La mâchoire de Sophia se contracte. Ses doigts agrippent une fourchette oubliée. Elle résiste à l'envie de lui perforer une phalange. À son expression, Jonathan comprend qu'il est temps de libérer l'otage : « Tu dois partir ? Ne te mets pas en retard. C'est sympa d'être passée. » Julot se joint à ces salamalecs. Sur le pas de la porte, il profite d'une intimité toute relative pour lui demander son numéro. Sophia tire son téléphone de son sac :

— Donne-moi plutôt le tien, ruse-t-elle. C'est moi qui t'appelle.

À l'écran, un SMS de Benji.

Son pouls s'accélère. Dans la salle à manger, on a recommencé à chanter. A cappella. Le sang lui bat aux tempes plus vite que les poings ivres la mesure. La table tremble au rythme des *Lacs du Connemara*. Malgré une hanche capricieuse, le soliste est monté sur une chaise. « Descends, Raymond ! houspille la grand-mère, tu vas tomber, bon sang ! » Sophia l'entend à peine. Les doutes dans sa tête assourdissent la ritournelle endiablée. Pourquoi a-t-elle laissé partir Benji ? Tout serait si simple s'ils étaient encore ensemble. Peut-être qu'il regrette, lui aussi ? Elle se surprend à espérer son retour, sa joue sur son épaule, sa peau, son parfum. Sa voix rassurante. Sa main aux ongles propres, qui l'emmènerait avec lui, n'importe où, loin de cette maison infernale aux fenêtres grandes ouvertes qui dégueulent du Sardou.

Une fois dans la rue, Sophia lit le message, le cœur battant :

« Salut Sophia, je vais être papa, je préférais que tu l'apprennes par moi. »

*

Sophia abandonne ses chaussures sur le paillasson de l'entrée. Le couloir sent le savon de Marseille. Ce matin, elle a briqué le carrelage. La poussière ne ternit plus le vert mordant des philodendrons. Sophia va se coucher sans dîner.

— À cette heure-là ? s'étonne sa mère. Il est à peine 18 heures ! Tu ne veux même pas une petite tranche de jambon ou un bol de soupe ?

Tout ce que veut Sophia, c'est que cette journée s'arrête. Oublier cette après-midi sordide. Mettre

Ben en sourdine dans sa tête : « Je vais être papa. » Il n'a pas perdu de temps… Sophia noue ses cheveux. L'abattement engourdit ses muscles. La tristesse enroue sa voix. Si elle a pris froid dans cette maison traversée de courants d'air, c'est au cœur qu'elle a des engelures. Et pour la première fois depuis leur séparation, elle pleure. Sur la commode, parmi les flacons de parfums sucrés à moitié vides, une photo encadrée. Une photo d'elle à sa naissance. Quelques jours après, en réalité, quand elle a été présentable. Une fois les griffures et les ecchymoses disparues. Seuls sa petite tête boursouflée et son nez cabossé laissaient alors deviner la violence de la parturition. Elle a bien failli y laisser sa peau recouverte de vernix. Elle a bien failli crever et sa mère avec. Glissé entre le sous-verre et le cadre, son bracelet de naissance. Mornay. Avec un nom pareil, on avait frôlé le pire. C'est sans doute pour cela qu'elle n'a jamais eu de frères et sœurs. Sophia revoit encore le sourire poli de sa mère, la tristesse contenue, quand un importun posait la question fatidique – « Alors le petit frère, il est prévu pour quand ? » Une indélicatesse semblable au sempiternel : « Le bébé, c'est pour bientôt ? » adressé aux jeunes mariés ou aux couples qui s'encroûtent. Jamais personne ne répond : « On n'y arrive pas. On ne peut pas en avoir. » Sophia ne peut pas. Physiologiquement peut-être. Dans la tête, c'est autre chose. Sur la photo, tout juste rentrée de néonat, elle n'a plus d'hématomes, mais n'en est pas sortie indemne. Comment vouloir donner la vie quand on a failli la perdre et l'ôter ? Comment être sereine quand, dès la première seconde, l'existence vous a marquée au forceps ? Elle avait bien tenté l'impensable avec Ben par convention sociale, par injonction biologique, et pour sa mère aussi. Pour lui donner une raison de s'accrocher, la force de se battre. Bien vite le Covid avait ressuscité les vieux démons de Sophia. Pandémies, catastrophes naturelles, risques sanitaires... Pourquoi mettre des enfants au monde quand celui-ci ne donne pas foi en l'avenir ? Devenir mère, c'est risquer de perdre ce qu'on a de plus précieux. C'est sentir l'inquiétude pousser en même temps que l'amour, comme une mauvaise herbe au pied du rosier. Sophia relit le message de Ben pour la centième fois. Un grand vide l'habite. Jamais ce vide ne lui a paru si tangible, si palpable. Le vertige est immense. Elle se contemple comme du bord d'une falaise, une falaise où le temps a fait son œuvre, sans éroder les peurs. Elle avale un somnifère avec un fond de tisane froid, oublié là la veille, et plonge sous la couette sans prendre la peine de quitter ses vêtements ni ses lentilles de contact. Les pensées déferlent, confuses, se font plus ténues sous l'effet du médicament. Bientôt la mélatonine les bâillonne tout à fait. Seule une idée tenace s'arrime : elle veut rencontrer quelqu'un. Pour de vrai.

Pas juste un homme de passage, un figurant pour Noël. Elle s'endort sur cette image : deux noms sur l'abonnement Netflix, une escapade en amoureux, un hôtel avec vue sur la côte amalfitaine.

Au réveil, une sensation de sable logé sous ses paupières l'empêche d'ouvrir les yeux. Elle peut presque entendre sa mère ânonner : « Voilà ce qui arrive quand on s'endort avec ses lentilles. » À l'aveuglette, sa main trouve un flacon de collyre sur la table de chevet. Elle arrose ses iris mauves, ressent une décharge. La brûlure lui arrache un cri. Loin de la soulager, l'onguent avive la douleur. De l'azote sur une verrue. Sophia aspire bruyamment sa salive, remue les mains, comme possédée. Qu'est-ce que c'est que cette merde ? Ce n'est pas du collyre, c'est du napalm ! Impossible d'ouvrir l'œil droit : ses cils restent collés. La lumière se fait dans son esprit, si ce n'est dans son regard. Putain, c'est pas vrai. L'étiquette, qu'elle déchiffre de sa seule pupille valide, confirme ses soupçons. La colle à faux ongles !

Les petites cuillères

— Monique ! Elles sont où, les petites cuillères ?

Dans la salle de repos des infirmières, Patricia ouvre et referme les tiroirs, furibonde. Plus de touillettes non plus. Faudrait voir à ne pas trop pousser le bouchon. Patricia s'arrête net devant le petit évier. Les cuillères gisent là, en nombre impair, issues de ménagères dépareillées. Sucre et café forment une pellicule tenace sur l'inox. Un peu de mousse, comme de l'écume au creux d'un coquillage. Patricia s'acharne, gratounette à la main. L'éponge catalyse ses aigreurs. Marre de se taper la vaisselle. Que chacun rince sa tasse, bon sang de bonsoir ! La chef de service ne prête qu'une oreille distraite à ses récriminations :

— Si tu ne passes pas le mot, c'est moi qui m'en chargerai !

Patricia invective un interne qui a le malheur de passer par là :

— Bravo l'esprit d'équipe. Ah, pour piquer les dosettes, il y a toujours du monde, mais pour faire la plonge, y a plus personne.

— Je tourne au thé, moi, se défend-il.

Patricia frotte à en rayer le métal de piètre qualité :

— Toujours le même disque. C'est pas moi, c'est les copains.

— Venez plutôt m'aider. Il nous arrive un cas improbable.

Patricia suit le jeune médecin de mauvaise grâce. Un cas improbable ? Elle a déjà tout vu. Encore un de ces petits malins qui racontent s'être malencontreusement assis sur une bouteille en verre, à tous les coups. Qu'on tente des expériences douteuses, passe encore, mais qu'on prenne les soignants pour des cons, ça, Patricia le supporte de moins en moins. Ses chaussons crissent sur le linoléum du couloir. Une odeur de curry se mêle aux relents de javel. On devine sans mal le contenu des plateaux-repas qui seront servis d'un instant à l'autre. L'interne pousse la porte d'un cabinet aux murs blancs. Patricia laisse échapper un soupir soulagé. Sur la table d'examen, aucun hurluberlu à l'anus mutilé. Une jeune femme patiente, paupières closes. « Sophia Mornay », peine à déchiffrer l'infirmière sur le dossier. L'interne ne lave peut-être pas ses petites cuillères, mais question graphie, il fait honneur à la profession. À croire que les médecins le font exprès. Étonnant qu'il n'y ait toujours pas d'épreuve de décodage au concours d'infirmière et en fac de pharma. Patricia file chercher de la Désomédine. L'interne prend Sophia par la main : « On va s'asseoir, mademoiselle. » L'intonation est joviale. Sophia le devine plutôt jeune.

Au petit matin, son père l'a déposée aux urgences de l'hôpital de Morez. À l'heure où seuls les agriculteurs sont déjà à la tâche, ils ont foncé par les routes de campagne. L'aube rose et bleu jetait sur les villages alentour ses reflets polaires, mais Sophia n'en a rien vu. Son père l'a guidée jusqu'à l'accueil, où elle a été prise en charge. Conséquence du Covid, il l'attend dans la voiture. « Le pauvre... », se culpabilise Sophia. Lui qui conduit déjà sa mère à ses séances de rayons cinq jours par semaine et à tous ses rendez-vous médicaux, avait-il besoin qu'on lui impose un trajet supplémentaire ?

— Qu'est-ce qui vous est arrivé ?

— Un mauvais rencard.

— Il devait être sacrément laid, pour que vous en veniez à vous coller les paupières.

Sophia sourit à cette plaisanterie. Elle l'entend trifouiller ses ustensiles stérilisés sur un plateau métallique. Elle a un mouvement de recul. L'interne pose la main sur son épaule :

— Ne bougez pas. Ça ne va pas faire mal.

La voix est rassurante, le maintien ferme. Il lui explique chacune de ses manipulations. Ses gestes sont doux, précis. Elle déglutit chaque fois que leurs peaux s'effleurent. Son cœur bat plus vite. Dans son ventre, c'est une volière. Il y a quelque chose d'excitant dans cette rencontre aveugle. Est-il blond ou méditerranéen ? Noir peut-être ? Chauve déjà ? Le torse glabre ou fourni ? Des abdominaux saillants ? Un adorable petit ventre ? La voix de Patricia interrompt ses rêveries quasi érotiques :

— La Rifamycine, en comprimé ou en collyre ?

« T'es complètement nympho, se reprend Sophia, qui aurait bien aimé que se prolonge ce tête-à-tête, c'est un professionnel. Un docteur qui fait son travail. » Voilà ce qui arrive quand on a trop regardé *Urgences* dans les années 90. Cette décennie a fait beaucoup de ravages, et pas seulement en termes de maquillage permanent ou d'épilation de sourcils. George Clooney tous les lundis soir à la télé, ça laisse des séquelles. Si les salles d'attente débordent d'érotomanes – et la moitié des tasses du globe, de café en capsules –, c'est entièrement de sa faute.

L'interne applique une compresse imbibée de sérum physiologique. Il guide la jeune femme jusqu'à la lampe à fente. Menton calé, Sophia reste immobile. Le docteur effectue ses réglages. « La cornée n'est pas touchée et la rétine est intacte », murmure-t-il, concentré. Après quelques vérifications d'usage, il éteint l'appareil : « Voilà. Plus de peur que de mal. » Sophia se dégage. La première chose qu'elle voit, c'est l'écriteau derrière lui : « Merci de ne pas confondre vos recherches sur Google avec mon diplôme de médecine. » Il agite l'index, le majeur et l'annulaire :

— Combien j'ai de doigts ?

— Trois.

Et pas d'alliance, remarque Sophia. Elle ouvre sur lui de grands yeux violets, devine aux siens qu'il lui sourit sous son masque. Brun. C'est un brun, avec une mèche rebelle en travers du front qu'on a envie de lui remettre en place. Sur sa poitrine, un badge : Nicolas. Elle l'imagine à la table du réveillon de Noël. Il irait si bien avec la dinde aux marrons et les assiettes à liseré doré. La tapisserie de la salle à manger lui flatterait le teint.

— Vous pouvez rentrer chez vous, conclut-il en lui tendant une ordonnance. Ma collègue va vous raccompagner.

Sophia rassemble ses affaires, écoute distraitement les recommandations de Patricia. « Des cataplasmes deux fois par jour, cinq minutes au moins, une goutte dans chaque œil au coucher et vous passez par le bureau des admissions avant de partir, sinon après c'est le bazar dans le suivi des dossiers… »

Devant l'hôpital, masque en collier, clope au bec, Sophia farfouille dans son sac à la recherche de son briquet. Un craquement. Devant elle, une allumette providentielle. Il fume là, adossé à l'une des colonnes métalliques bleues qui soutiennent la toiture, une doudoune enfilée à la hâte par-dessus sa blouse. Il recrache sa fumée, nonchalant : Nicolas. Sophia détaille sa mâchoire carrée, le grain de beauté près de sa bouche, sa barbe de trois jours, dépigmentée par endroits façon Édouard Philippe. Elle ne l'avait pas imaginé comme ça sous son masque. Son esprit avait composé une autre image, comme quand, petite, elle jouait à *Dessinons la mode*, juxtaposant coiffures, bustes et jambes jusqu'à assembler la tenue idéale. Elle n'avait pas soupçonné ces lèvres fines, ce menton en galoche qui donne follement envie de lui en rouler une.

— Merci, sourit-elle.

— Quelqu'un vient te chercher ?

Sophia s'émeut du glissement vers le tutoiement, mais n'en laisse rien paraître. Elle désigne Henri qui fait de grands signes à l'autre bout du parking :

— Mon père.

— Tu vis dans le coin ?

La question est surtout rhétorique. Sophia ne s'en formalise pas. Depuis qu'elle est partie pour ses études, chaque fois qu'elle revient au pays, tout le monde l'appelle « la Parisienne ». Son manteau, sa coupe de cheveux, son sac à main, tout indique qu'elle n'est plus d'ici. Son accent soi-disant « pointu » est moqué, comme certaines de ses expressions. Elle est une transfuge. Chez elle ni ici ni là-bas.

— En quelque sorte.

Henri Mornay, un pied dans son Audi, l'autre dans la neige, klaxonne. Il tapote le cadran de sa montre d'un index impatient. Sophia ne peut s'empêcher de penser qu'il serait imbattable au *Time's Up*.

Elle écrase sa cigarette :

— Je dois y aller.

— Rentre bien.

Le parking a été sablé. Sophia devine les lignes blanches sous la gadoue noirâtre. Cette soupe macule le bas de son jean à chaque pas. Elle s'engouffre dans la voiture, ses yeux brillent et ce n'est pas à cause du collyre.

— Alors, cet œil ?

Sophia rassure son père, qui peine à manœuvrer malgré ses pneus neige.

— C'était qui, ce garçon ?

Sophia hausse les épaules. Henri épie Nicolas dans son rétro, l'air de rien. Il contrebraque, tendu.

— Tu le connais ?

Sophia secoue la tête. « Pas encore », songe-t-elle, un sourire au bout des lèvres.

*

Des Nicolas, internes à l'hôpital Léon Bérard, il n'y en a pas cinquante. Sophia l'a retrouvé assez facilement sur Facebook. Si Jo la vire, elle pourra toujours se lancer comme détective privé – Mornay Investigations : filatures & surveillance discrète, adultère, garde d'enfant, concurrence déloyale et arrêts abusifs. Il lui faudrait bien sûr répondre de ses agissements antérieurs – exhibitionnisme sur la voie publique et consommation de psychotropes, entre autres. La voix de son père la ramène à la réalité :

— Combien de Croustibat avec ton riz ?

À cet instant, une notification s'affiche à l'écran : « Nicolas a accepté votre invitation. » Il engage la conversation : « Comment va ton œil depuis hier ? » Sophia répond, le cœur battant. Elle ignore les soupirs de son père, contrarié qu'elle ne soit plus en âge qu'on lui interdise le portable à table. Nicolas aime *La Cité de la peur*, les Nuls en général, la bouffe asiatique et Léningrad, un groupe de ska russe dont elle n'a jamais entendu parler. Il vit seul avec sa mère. « Parfait ! s'enthousiasme-t-elle, ils n'auront qu'à venir tous les deux à Noël. » Avant le dessert, Sophia en sait presque autant sur lui que sur Ben après des années de relation. Il faut dire que Benjamin était un garçon sans passion particulière, Scorpion ascendant Sagittaire, autrement dit un type secret, sinon taiseux, dixit Marion. Après quelques plaisanteries échangées en douce sous la toile cirée de la table de la cuisine, il lui propose de se voir. C'est son jour de congé. Elle n'a qu'à passer dans l'après-midi. Sophia est si heureuse qu'elle pense à rincer son assiette avant de la ranger dans le lave-vaisselle. Une attention qui remplit Odile de fierté : on n'a quand même pas tout foiré dans son éducation.

Aussitôt dans sa chambre, Sophia troque son survet' de *home office* contre une tenue plus seyante. Elle vaporise quelques gouttes d'eau de toilette au creux du cou, suspend son geste : il est peut-être en congé, mais pas elle. Elle croit entendre Lucien, qui l'a encore entreprise ce matin par la fenêtre de la cuisine : « Si vous voulez mon avis, dans *télétravail*, y a plus de *télé* que de *travail*. » Elle jette un œil à son agenda. Quelques réunions sans importance. Elle se fait porter pâle. Nicolas est médecin, il devrait bien pouvoir lui arranger le coup avant de tirer le sien, non ?

*

Sophia n'est pas venue pour regarder la télé, et de toute façon, si son rendez-vous avec Nicolas était diffusé à l'écran, ce serait sur une chaîne payante. Ainsi, en raison d'images pouvant heurter la sensibilité du jeune public, la scène suivante a été cryptée :

Ils es uatetsn ssseud. Elle lui rarache ses vêtements. Lis s'tenrbemass. Ess baisers ntos des morsures nads osn ocu, urs sse seins, sa nuque – queun qu'il gnoimepe te ridige rsev sno sexe. Lele l'gtlougient à pleine bouche, le tens cridur treen sse lèvres. Il s'abandonne à ec tniev-te-av, elle tuorprai aifer ed ilu ce qu'elle tuve à cet itnsant, elle tient le monde par les ouillecs. Elle gnoimepe sse fesses, fait glisser sno eexs plus profond dnsa as ggroe, frôle la emileti, ôrlef le misvosmntee. Son corps ssilge le long de osn netrev. As troipine es sseepr contre son torse. Entre ses cuisses diesmuh, li rourfe as guanle à ons orut. Elle le fait pivoter ua-ssdeus d'lele rupo el cesur encore, chrotansisynn ess veemouvmnts aux siens. Elle set rtpaout usr sno sigave. Il tse rtpaout dans sa bouche. « iaesb-imo, exige-t-elle entre deux souffles, sifa-imo cvreer. » Il la retourne urs le matelas, al trpenee. Ses gestes tnso vausages. Ils pourraient l'treê vandatage. Sa main guide la sienne : « gantréel-imo». Il agrippe nso ocu, reit ses cheveux, mord sno reilloe, griffe sno sdo. Sophia gémit de plaisir. Son corps itmfré sous ses caresses. Sa euv se tlouef à mesure qu'léréacce le va-et-vient entre ses reins. Il es âchel. Sa main qulace sa efess. La marque de ses doigts s'imprime sur la peau. Sophia ne cchheer pas à teconnir un cri, c'est l'atanvage de la province et des maisons individuelles : on peut ouirj sans se soucier des soivins. Elle ntse enu chédareg, sa peau moite adns osn osd, et son fflouse à son oreille qui rteum dnas un son rauque. Sa voix à elle se perd dans els aigus. Elle chante encore à la tierce que son merpse louce déjà le long de ses cuisses.

*

Nicolas ne lâche la main de Sophia que pour attraper une boîte de burritos en kit, rangée en hauteur dans le rayon : ce midi, il cuisine pour elle. Sophia le rejoint à toutes les occasions. Elle l'accompagne faire ses courses, lui apporte les croissants après ses nuits de garde. Ils sont de ces jeunes couples insupportables qu'elle critiquait avant de devenir l'un d'eux, avant d'être de celles qui terminent les phrases que l'autre commence, trouvent partout des signes : « Tu as un shampoing à la granny smith, non mais c'est dingue, c'est la pomme préférée de ma mère ! », « Toi aussi, tu faisais tourner ton effaceur au collège ? Truc de ouf ! », « Ta tante avait un teckel quand tu étais petit ? Non, tu déconnes ?!

C'est le chien de ma voisine ! » Tout les rassemble. Nul ne pourrait nier l'évidence.

Deux semaines d'amour sans anicroches, et voilà qu'un matin, devant le bac des surgelés de l'Intermarché de Morez, une rencontre change le cours de leur histoire :

— Papa !

Henri Mornay la dévisage, puis découvre Nicolas, l'air sévère. Le jeune homme est plus blanc que sa blouse. Sophia ne les savait pas si prudes tous les deux. Si on réveillonne tous ensemble le 24, il va bien falloir mettre de l'eau dans son macvin. Elle prend les choses en mains – et commence par lâcher celle de son compagnon avant que son père ne fasse une syncope :

— Je te présente Nicolas, il m'a soignée à l'hôpital.

— Je vois que tu as fait la connaissance du fils de Martine…

Sophia a un mouvement de recul.

*

Dans l'Audi de son père, Sophia bouillonne. Pour une fois qu'elle s'entiche d'un homme, il faut que ce soit le fils de l'ex de son père. Son premier amour même. Elle avait passé outre au fait qu'il soit médecin – en ce moment, à pécho un interne, tout ce qu'on risque de choper, c'est le Covid. Pour lui, elle était prête à fermer les yeux sur le danger, mais pas sur Martine. Et dire qu'elle avait failli l'inviter à Noël. Après tout le tort que cette femme avait causé à leur famille ? Impensable.

Au volant, Henri cherche ses mots :

— Je préfère que tu ne dises pas à ta mère que tu as été soignée par le fils de Martine. Elle s'inquiéterait pour rien.

Sophia ne répond pas.

Bien avant sa naissance et jusqu'à son entrée en CE1, Martine a fait partie de leur vie sans que jamais Sophia la rencontre, ni même la voie. Jamais Odile ne laissait sa fille rentrer seule de l'école ou du cours de théâtre. Elle l'attendait toujours à la sortie, pressait parfois le pas, se retournait, nerveuse. Elle se portait toujours volontaire pour accompagner les sorties scolaires, entretenait une certaine intimité avec les autres parents avant de permettre à sa fille de dormir chez une camarade. Longtemps Sophia a pensé que sa prématurité et les conditions particulières de sa naissance expliquaient cette surprotection maternelle. En grandissant, elle a compris qu'autre chose se jouait. Les appels tous les soirs sans personne au bout du fil, les lettres déposées dans leur boîte sans affranchissement, n'étaient pas étrangers au curieux comportement de ses parents. Tout comme la Fiat rouge souvent stationnée devant chez eux, aux abords des courts de tennis, les mains en pâte à sel vendues à la kermesse de l'école, la sienne mystérieusement achetée par un tiers, la maîtresse désemparée devant le courroux d'Odile et les larmes de Sophia, les manœuvres secrètes de son père pour récupérer l'objet, les bribes de conversation épiées : « Qui est le père de son fils, alors ? — Je n'en sais rien, Odile, je n'en sais rien. Ce n'est qu'une pauvre femme malheureuse… — Une folle qui nous pourrit la vie, oui ! » et ce nom souvent murmuré, « Martine », jusqu'au jour tragique de la représentation de *Pierre et le Loup*.

Sophia avait décroché le rôle du canard. La mort du palmipède dans des circonstances d'une extrême violence ne fut pas l'incident le plus regrettable de cette journée. À la fin du spectacle, Odile, apercevant le visage honni dans la salle, avait exfiltré sa fille, encore en costume de scène : « Tu files à la voiture, tout de suite. — Mais, maman, il y a un goûter après… — Tu viens avec moi, je te dis. Et sans discuter ! » Sophia, en pleurs, le bec baissé, avait suivi sa mère. Elle n'avait pas assisté à l'altercation, mais, le lundi matin dans la cour de récré, tous les enfants ne parlaient que de ça. Son père avait crié très fort sur une dame et appelé la police. L'avait-il vraiment fait ? Sophia n'en a jamais rien su, mais, à partir de ce jour, le calme était revenu à la maison et elle n'avait plus jamais manqué le moindre goûter de fin d'année.

Au volant, Henri semble agité :

— Qu'est-ce que tu faisais avec lui ?

— On s'est croisés par hasard.

— Tu le vois une fois, masqué, à l'hôpital, et tu le reconnais au supermarché ? Prends-moi pour un con ! explose-t-il.

— Ah, c'est sûr que toi tu ne l'as pas reconnu…, ironise-t-elle.

Henri Mornay fixe la route. Ses mains se crispent sur le volant.

— Et il en dit quoi, ton jules à Paris, de tes nouvelles fréquentations ?

La voiture s'arrête au feu rouge.

— Y a pas de jules, voilà, t'es content !

Sophia fond en larmes. Elle avait cherché un type décent à leur présenter, avait affronté un cerf en rut, une famille avinée, s'était fait contrôler à demi nue par le maréchal des logis Chamoux et sa clique, et maintenant qu'elle avait trouvé un homme qui lui plaisait vraiment, ils avaient tant en commun qu'ils partageaient peut-être le même géniteur.

Henri se tourne vers sa fille, interloqué.

— Benji est parti, renifle-t-elle, et il va être papa. Je viendrai seule au réveillon.

Henri prend sa fille dans ses bras. Ses sourcils se froncent :

— C'était pour présenter un gendre à ta mère, tout ce cirque ?

Sophia acquiesce.

— Elle va être tellement soulagée d'apprendre que tu es juste célibataire, pas dépressive et toxicomane !

Le feu passe au vert. Les automobilistes klaxonnent. Henri s'en contrefout.

— On ne veut que ton bonheur, Sophia, on t'aime comme tu es. Quels que soient tes choix.

— Même sans enfants ? grimace-t-elle.

— Ta mère finira bien par se faire une raison.

Sophia drague le fond de son sac à la recherche de son portable. Des tickets de caisse froissés. Un sachet anti-humidité oublié là, malgré la tête de mort et l'avertissement en petites lettres : « Toxic. Throw away ». Et c'est exactement ce qu'elle s'apprête à faire. Son esprit compose un message de rupture, concis, efficace. Nicolas l'a devancée. À l'écran, un lacunaire et laconique : « Je crois qu'il faut qu'on arrête de se voir… » Et elle supprime son numéro.

Sur son répondeur, un message de Joséphine Poulain. On ne capte pas très bien entre les sapins, mais Sophia saisit l'essentiel : en raison de ses nombreux abus, Sonotop exige son retour au bureau selon le calendrier de présence établi post-confinement. Le système tout simple prévoit un roulement selon les jours pairs ou impairs, les gauchers, les droitiers, ceux qui ont des lunettes et les opérés au laser, la première lettre du nom de famille des employés et le signe astrologique chinois de leur arrière-grand-mère. Attendu qu'elle porte des lentilles de contact, fut ambidextre jusqu'au CP, que Mornay commence par un M et que son aïeule était Dragon, Sophia, en toute logique, travaillera « en présentiel » les lundis et les vendredis. En clair, elle doit rentrer à Paris et peut s'asseoir sur son *full remote*.

Le collier de Vénus

La lumière du jour filtre par les fenêtres du salon. De la rue monte un vacarme familier. Un transvasement de verre et de métal, le lent écoulement d'un bâton de pluie version 16 tonnes, que ponctue une sonnerie régulière : le camion-poubelle. Sophia ouvre un œil. Au plafond, des moulures. Sous sa joue, un cuir patiné. Sur la table basse, un cendrier débordant, des bols de noix de cajou et de Chipster à moitié vides, des croûtes de pizza abandonnées dans des boîtes en carton, des gobelets ourlés de rouge à lèvres, et en guise de sous-verres, des Post-it griffonnés d'inscriptions énigmatiques : « François Fillon », « Hélène Darroze », « Casimir ». Elle met quelques secondes à reconnaître l'appartement de Raphaël, d'ordinaire si bien tenu, et les vestiges d'une soirée *Time's Up*. Une soirée très arrosée à en juger par le nombre de cadavres de bouteilles qui jonchent le point de Hongrie. « Apéro ! » avait lancé Raph sur la conversation WhatsApp. Sophia se redresse par palliers, comme on émerge d'une plongée subaquatique. Depuis le SMS de rupture envoyé par Nicolas, elle s'est laissée aller à quelques excès, il est vrai. La nuit lui revient par bribes. La réinterprétation subversive de « All I Want for Christmas Is You », en playback, par Paul, le corps moulé dans un costume de père Noël comme on n'en verra jamais aux Galeries Lafayette. Raph, coiffé d'un serre-tête de renne à grelots, faisait les chœurs, veillant entre deux refrains au bien-être de ses convives : « Je te conseille un cocktail métha-kanna-ké, pour monter vite et pour longtemps. Tu ne seras pas déçu du voyage, crois-moi. Kanna tout seul, c'est bien aussi, mais faut en reprendre dans vingt minutes… » Dans un autre contexte, il aurait fait un formidable guide touristique – ou un bon pharmacien. Agnès qui se déhanchait, euphorique, agitant sous leur nez un porte-clés : « Baptiste m'a laissé sa Porsche ! » Les regards suspicieux échangés avec Raph : Baptiste est un con fini, s'il file ses clés de bagnole à sa femme, c'est qu'il a quelque chose à se faire pardonner. Putain, c'était si bon de retrouver la bande. De loin la meilleure façon de se remettre d'une déception sentimentale. Seule Marion manquait à l'appel. Elle ne rentrait de Zanzibar que demain.

Une notification s'affiche sur son smartphone : « Pot de Noël dans 30 minutes. » Merde, il est déjà 8 h 30. Joséphine Poulain et la direction ont eu la bonne idée de leur coller une réunion des collaborateurs – pompeusement qualifiée de « pot » – à la première heure. La bamboche n'est en réalité qu'un petit-déj. Il est loin, le temps où les comités d'entreprise invitaient tous les employés en grande pompe dans la boîte de Johnny ou privatisaient le Jamel Comedy Club. Aujourd'hui, coupes budgétaires obligent, on groupe la fête de fin d'année et le départ des stagiaires du deuxième semestre.

« Il vous faudra trente-sept minutes pour rejoindre votre destination depuis le boulevard Malesherbes... », indique le téléphone que Sophia n'a pourtant pas sonné. Je te jure, il y a des fois où elle se demande s'il ne se prend pas pour sa mère. Elle est déjà en retard, en plus Jo l'a chargée des chouquettes. Dans la chambre voisine, une respiration régulière. Raph et Paul dorment à poings fermés. Sophia se lève sans faire de bruit. Elle replie le plaid en mérinos Maison Sarah Lavoine, sur la pointe des pieds enjambe les bouteilles qui gisent là. Le parquet grince. Sophia grimace. Sa tête est lourde. Sa langue pâteuse. Elle louvoie jusqu'à la cuisine, se contorsionne au-dessus de l'évier encombré de verres pour passer son visage sous le jet du robinet. L'eau froide la revigore. Elle arrange ses cheveux, gobe un paracétamol et un chewing-gum mentholé. Pas le temps de passer à la boulangerie. Fait chier. Ses collègues préparent toujours des cakes au citron, des moelleux au chocolat, des crêpes même. Assistantes de direction, mères de trois enfants, et ça vous fait des gâteaux dignes du *Meilleur pâtissier*. Elles postent leurs créations en pâte à sucre, hashtag « cake design », hashtag « croquant gourmand », sur un compte Instagram dédié. Elle, Sophia Mornay, n'est pas foutue de se lever à l'heure pour acheter des mini-viennoiseries chez Éric Kayser. Elle farfouille dans les placards à la recherche d'un substitut, déniche une boîte de cookies au matcha. Sauvée ! Elle la fourre dans son sac, subtilise au passage le serre-tête de renne qui traîne là sur la table, au milieu des miettes de chips, des brins de tabac, des traces de C, et des auréoles de bière collantes. « Dress code : pull de Noël », avait précisé Jo dans l'invitation. Sophia avait ignoré la consigne. Pas question de claquer son fric pour une sape moche. Si ça les amuse de se lyophiliser sous la clim inversée dans un modèle en acrylique informe orné d'un bonhomme de neige, c'est leur problème, en ce qui la concerne c'est niet. Le serre-tête fera très bien l'affaire. Elle traverse l'appartement, talons à la main, se chausse sur le palier et claque la porte derrière elle.

Quatrième étage, indique l'ascenseur. Au département communication, la petite sauterie a déjà commencé. Sophia se presse. La moquette grise étouffe ses pas. Le buffet a été dressé dans l'espace central, entre la machine à café et le sapin décoré par les collaborateurs. Cette année, pas de cake au citron. Les mères de famille nombreuse et employées surperformantes ont préparé des sablés aux épices, des cannelés, des macarons. Des portions individuelles. Rien que du *Covid friendly*. Avec ses cookies, Sophia ne s'en tire pas si mal pour une fois. Elle dispose les biscuits verts dans une assiette en carton recyclé, en garde un pour elle. Sur les lèvres, un petit sourire satisfait. Sur ses cheveux coiffés à la hâte, son serre-tête à grelots. Elle dépose son manteau à son bureau, où Jo consulte sa messagerie :

— Tu as pensé aux chouquettes ? l'accueille sa boss.

— Joyeux Noël à toi aussi, Joséphine !

— Joyeux Noël, oui… Alors, les chouquettes ?

— Mieux que ça : j'ai des cookies maison.

— Tu m'en diras tant.

Dans leurs pulls plus moches les uns que les autres, ses collègues reprennent en chœur, pour les sous-fifres sur le départ : *Ce n'est qu'un au revoir, stagiaires, ce n'est qu'un au revoir*. À observer, à travers les cloisons vitrées, Gérard de la compta s'époumoner si guilleret, on se demande si on est au Noël de la boîte ou en train de mater la vieille VHS du mariage d'une cousine, aux heures ivres où *chantent les sardines* et danse la chenille. « Pose les deux pieds en canard, c'est le Covid qui redémarre… », croit bon d'entonner Gérard pour faire marrer la galerie. Ce n'est pas possible, ils sont tous shootés. Sophia trouve à tâtons un tube de Berocca Boost et un sachet d'earl grey dans son tiroir. La petite bouilloire pétarade sur le meuble des dossiers suspendus, embue la fenêtre par laquelle on devine la Grande Arche en contrebas. Le comprimé effervescent se dissout dans son verre avec un crépitement subtil. Le coup de fouet est immédiat. Quand elle rejoint la fête, Gérard twerke sur *Feliz Navidad*, engoncé dans un costume de lutin. Ses chaussons à clochettes manquent de le faire trébucher à chaque pas. « Je l'ai loué pour faire une surprise à mes neveux, répète-t-il à tout-va. Sympa, non ? — De ouf », lui fait la courtoisie de répondre le stagiaire, le pouce levé, sans conviction. Sophia ne pousse pas la chansonnette, mais consent à agiter les grelots qui décorent son serre-tête en feutrine, histoire de grappiller quelques points à sa prochaine évaluation annuelle. L'an dernier, Jo avait déploré son manque d'entrain : « Pas assez *corporate*. *Mindset* à revoir. » Pff. Tout ça à cause de l'épisode de la galette. En janvier, Sophia avait préféré avaler la fève plutôt que d'avoir à choisir un roi. C'est compter sans Gérard, qui avait lui aussi trouvé l'heureux santon dans la frangipane. Il l'avait désignée comme reine, la gratifiant d'une couronne sur le front et d'une main aux fesses, sous les vivats du réfectoire : « Le bisou ! Le bisou ! Le bisou ! » Sophia avait refusé d'embrasser le comptable. Ça avait jeté un froid dans la cantine. Pire que le chauffage en panne. Finalement, la distanciation sociale a aussi ses avantages. Aujourd'hui encore, le boute-en-train fait des émules : « Les cadeaux ! Les cadeaux ! Les cadeaux ! » Elle croque dans son cookie. Le biscuit s'émiette sur sa langue. Sophia se fige. Elle reconnaît instantanément cette odeur, ce goût herbacé.

Ce n'est pas du matcha.

Sophia recrache. Merde ! Elle aperçoit Jo qui hésite près du buffet, agite ses ongles peinturlurés en rouge au-dessus des friandises. « Toulouloulou, tout fait envie, c'est terrible. On ne sait que choisir ! » Sophia sent une bouffée d'angoisse monter dans sa poitrine. Elle se précipite. Empêcher Jo par tous les moyens de goûter ces maudits cookies. Les faire disparaître, jusqu'au dernier. Un bras lui barre la route. « C'est l'heure du Secret Santa ! » piaille la responsable du protocole, une nana des RH qui les appelait un par un à leur domicile, pendant le confinement, pour *créer du lien*. Autrement dit, s'assurer que personne n'allait se pendre avec son flexible de douche. Sophia la repousse comme autrefois cette teigne de Caroline Buisson quand elles jouaient à chat dans la cour de récré : « On arrive. » Joséphine Poulain et ses ongles vernis arrêtent leur choix sur un cookie vert. Sophia bondit pour le lui arracher des mains.

— Ils sont périmés !

Joséphine la dévisage, perplexe :

— Périmés ? Alors que tu viens de les faire ?

— Les œufs le sont, ment-elle, je viens de m'en rendre compte.

Jo rend le biscuit avec à peine moins de véhémence que Vénus le vibro, il y a quelques semaines. Dans l'assiette, deux autres biscuits manquent. Sophia déglutit. Ses mains sont moites. Elle se débarrasse de la fournée compromettante, jette des regards désespérés autour d'elle. Où sont-ils, bordel ? Elle remonte vers l'ascenseur, entre dans tous les bureaux, la RH à ses trousses :

— On attend tout le monde pour commencer à distribuer les cadeaux !

Sophia l'ignore.

— La convivialité, c'est important dans une équipe, flûte ! trépigne la RH. Tu crois que c'est facile d'organiser un Secret Santa pour autant de monde !

— Si tu ne m'aides pas à retrouver ces gâteaux, c'est une intoxication générale que tu auras à gérer.

L'autre se renfrogne, mais capitule. Sophia ôte *in extremis* un cookie de la bouche de Gérard. « Plus qu'un… », soupire-t-elle. Elle le repère enfin, sur le bureau de l'assistante de direction. Intact. Le PDG sort à cet instant, dépose un parapheur dans la bannette de sa secrétaire. Encore un discours, deux réunions, et il pourra filer rejoindre sa femme et leurs cinq têtes blondes autour d'une cheminée à Méribel. Le vert du biscuit attire son œil de gastronome féru de créations audacieuses. Le golf dominical ne suffit pas à gommer son embonpoint, mais il peut se targuer d'avoir côtoyé plus d'étoiles que l'épaulette d'un général. Pistache ? Basilic ? Olive ? L'œuvre de Pierre Hermé ou d'une star montante de la pâtisserie, peut-être ? Sophia hâte le pas. Elle entre sans frapper :

— Noooooon !

Trop tard. Le patron a englouti la douceur en une bouchée.

— Plaît-il ? sourcille la secrétaire.

Parler maintenant serait du suicide. L'esprit de Sophia calcule à toute vitesse. La drogue devrait mettre deux bonnes heures à faire effet. D'ici là, le PDG sera loin et pourra imputer son trouble au mal des transports.

Patron et assistante la fixent, circonspects :

— Nooon…, improvise Sophia, nos efforts sur les réseaux sociaux ne sont pas vains. Seize nouveaux abonnés cette semaine, tout de même, ça se fête !

Elle s'applaudit.

— Très bien, la congédie l'assistante avec un sourire crispé, vous serez gentille de refermer la porte derrière vous.

— La médecine du travail a-t-elle connaissance de son dossier ? s'inquiète le patron.

Minable. Elle a été minable. Le boss ne tardera pas à comprendre qu'elle est un dealer en puissance et Joséphine la virera aussi sec que le sont les biscuits chipés chez Raph et Paul – à l'évidence plus amstellodamois que japonais. Sophia traîne des pieds jusqu'au sapin, où ses collègues échangent des masques de beauté jetables, une roulette à découper les pizzas, un calendrier de 365 sudokus, des kits de protection de toilettes, une rose éternelle sous plexi, des livres de citations et des bracelets de lithothérapie – le budget avait été fixé à moins de 10 euros.

Sophia reçoit la plus grosse boîte, ornée d'étoiles et de lunes, feint d'ignorer celle que le pantalon vert en velours dévoile chaque fois que le lutin se penche pour saisir un paquet. Sous le papier scintillant, le dernier jeu de société à la mode. Un présent aussi attentionné que hors budget, ce qui est d'autant plus gênant que Sophia, elle, a totalement oublié d'apporter un cadeau. Merde ! Sa négligence ne passera pas inaperçue. C'est mathématique. Elle tente d'obliquer vers l'ascenseur. Si elle parvient jusqu'à la cantine, elle pourra se faufiler en cuisine pour emballer son serre-tête de renne dans un torchon. Il suffira alors de prétendre qu'il s'agit de furoshiki, une technique d'emballage japonaise, tendance et écolo. Tout le monde saluera ce cadeau – idéal dans un monde où il faut décarboner ! – et le tour sera joué. Le stagiaire lui agrippe le bras au passage. Dans leur dos, la responsable du protocole se racle la gorge.

— Sophia, il semblerait que la personne que je t'avais attribuée ait été oubliée…

Elle en veut pour preuve le tableau Excel stabiloté qu'elle trimballe avec elle. Sophia lève les yeux au ciel :

— Mince ! J'ai dû faire erreur… Moi, j'ai fait un cadeau à ce jeune homme, désolée.

La RH s'empresse de consoler le laissé-pour-compte avec des goodies aux couleurs de la boîte – un podomètre et des boules antistress – qui lui étaient restés sur les bras après le forum de l'emploi de Quimper.

— Tu me rejoins aux toilettes du deuxième étage pour déballer ton cadeau ? chuchote Sophia au blondinet.

Quitte à ce qu'il la prenne pour une MILF, autant que ce soit IRL. Et puis, une fête de Noël où aucun collègue ne couche avec un autre, ce n'est pas vraiment une fête de Noël. Pas question de laisser les ressources humaines ruiner les traditions. Elle quitte le guet-apens aussi discrètement que ses grelots le lui permettent, fait un crochet par son bureau, vérifie sa mise. Un coup de déo sous chaque aisselle, elle trace jusqu'au second.

Ils se jettent l'un sur l'autre sans préambule. Sophia entraîne le stagiaire dans l'une des cabines, en verrouille le loquet. Il la prend là, collée à la porte. Son front tambourine contre le battant. Ses bois de renne en feutrine trépident au rythme des secousses. Ses grelots tintent. Son souffle est chaud dans sa nuque. Alors qu'il s'affaire dans son dos, Sophia tente sa chance :

— Tu fais quoi pour Noël ?

*

Le stagiaire remonte sa braguette.

— Je rentre dans ma famille, pourquoi ?

Prévisible. Sophia réajuste sa robe et le serre-tête qui a glissé en travers de son visage. Il l'embrasse sur la joue :

— Tu voulais qu'on fasse un truc ? C'est un peu prématuré, non ?

Ce qui est prématuré, c'est son éjaculation. Mais Sophia garde ses considérations pour elle. Il est presque midi. Pas le temps de lui vanter les mérites des thérapies comportementales sur les dysfonctions érectiles. Elle a un train à prendre.

Dans le TGV Lyria, tous les porte-bagages sont déjà saturés. Les espaces en hauteur sont trop exigus pour accueillir le moindre sac, même les épais manteaux d'hiver peinent à y loger. C'est à se demander à quoi servent ces étagères. L'ergonomie des wagons a été conçue par un réchauffé – un homme pour sûr, sans sac à main ni sac à langer – originaire de PACA ou toute autre contrée où la doudoune est une légende urbaine. Sophia jette sa valise au sommet de l'amoncellement précaire. Une mamie bondit :

— Malheureuse ! C'est que j'ai des choses fragiles, moi, là-dedans.

Sophia intervertit les deux bagages. Le sien ne craint rien. Hormis quelques vêtements, elle ne transporte que des cadeaux incassables, le livre de Yann Arthus-Bertrand et un beau pashmina pour ses parents, des chocolats pour Mme Marquez et un collier pour Vénus.

Dans le carré famille, une jeune maman, un nourrisson dans les bras, parlemente avec un passager mal luné :

— Ça vous ennuierait que l'on échange nos places ?

Par bribes, Sophia comprend que le service de réservation a eu la lumineuse idée d'attribuer au bébé un siège de l'autre côté du couloir, à plusieurs mètres de sa mère. Constater qu'il y a plus incompétents que ses collègues chez Sonotop a quelque chose de réconfortant. Le vieux bougon n'a que faire des défaillances du logiciel et de l'embouteillage qui se forme dans l'allée centrale derrière la mère désemparée. Il a autant de bougies au compteur que le numéro correspondant au siège qu'il refuse de céder, et a décidé de faire chier le monde. Parce qu'il a eu une mauvaise journée – une erreur dans ses mots fléchés le contrarie –, il s'accroche à ce fauteuil 77 avec plus de ressentiment qu'un suicidaire aux rails du Paris-Marseille un dimanche de retour de pont du 14-Juillet.

— C'est de ma faute peut-être ? Et si moi je veux voyager dans le sens de la marche, hein ?

La jeune mère se confond en excuses. Elle pensait pourtant qu'après une épisiotomie et une rééducation périnéale elle avait eu un bon aperçu des abominations de ce monde. Mais non. Pire que les fuites urinaires, il y a Maurice de la place 77. Le mec, c'est une descente d'organes à lui tout seul. Dans l'allée centrale, on trépigne, on souffle. Tout le monde est pressé de rentrer réveillonner en famille. Nœuds et bolducs frisottés ornent les sacs en papier. Des cadeaux de toutes tailles dépassent des bagages, à peine dissimulés. Hormis ces détails, on est loin du téléfilm de Noël et de l'ambiance *Love actually*. Sans vouloir se la jouer « j'ai fait le Vietnam », Sophia a quand même la gueule de bois et aimerait décuver tranquille dans son siège, si ce n'est pas trop demander.

— Prenez la mienne, décrète-t-elle pour en finir.

Elle toise le vieux, marmonne des insultes que son masque peine à étouffer.

Le train s'ébroue. Par la vitre, les immeubles et les murs tagués laissent place aux entrepôts, épars. On avance lentement. Ce sont maintenant des images de campagne gelée qui défilent. Le train s'arrête, redémarre, s'immobilise complètement. Le jingle redouté retentit. Le commandant de bord prend la parole : « Suite à un incident technique, notre train est à l'arrêt. Veillez à ne pas ouvrir les portes et ne pas descendre sur les voies… » Les passagers soupirent, s'adressent des regards entendus. D'improbables complicités se nouent au fil de l'attente. Des gens qui n'auraient rien eu à se dire trois heures plus tôt, s'étaient à peine salués en prenant place dans le wagon – et se seraient probablement livré des luttes farouches devant un débat d'entre-deux-tours à la présidentielle ou la finale de la Ligue des champions –, échangent des banalités et des pastilles La Vosgienne. « Et ça, c'est Sacha, le petit dernier de mon petit-fils… » La mamie agite son téléphone sous le nez de Sophia, qui a la courtoisie de s'extasier devant le fond d'écran bien que le nourrisson ressemble plus à un rescapé de 14-18 qu'à une poupée Corolle. Le grincheux, lui, a trouvé une autre cible vers laquelle bander son exaspération, en la personne du contrôleur, terré dans sa cabine, qui promet dans le micro qu'un formulaire de remboursement sera distribué à l'arrivée. La nuit tombe, on est à peine à Melun. Les Suisses se sont fait une raison : ils ne réveillonneront pas en famille. Les Français espèrent encore. Les téléphones sortent des sacs. Les murmures s'élèvent entre les rangées : « Je ne sais pas combien de temps ça va prendre… Problème d'éclisses apparemment. Ne m'attendez pas… Pour la bûche, peut-être ? » Plus personne ne prend la peine de s'isoler pour passer ses coups de fil. Sophia retient ses larmes et ses propos fielleux. Il y a deux ans, déjà, elle avait bien failli ne pas réveillonner avec les siens à cause des cheminots, dont la grève reconductible avait paralysé le pays durant des mois. À bout de nerfs, elle s'en était prise au robot du site de la SNCF :

Bonjour Sophia ! Dites-nous comment nous pouvons vous aider.

Bande d'ignobles cafards ! Vous empêchez les familles d'être réunies pour Noël. Vous empêchez les gens d'aller se faire soigner, d'aller travailler. Certains vont se retrouver sans salaire à cause de vos grèves, sans vacances alors qu'ils triment toute l'année. HONTE À VOUS, irresponsables !

Mes collègues humains pourront
mieux vous aider à ce sujet.
Souhaitez-vous parler à un agent SNCF ?

Qu'ils crèvent tous !!!!

Je ne suis pas sûr de comprendre
votre destination. Où allez-vous ?

Dans ton cul.

Merci de me parler poliment.
Je suis peut-être un bot,
mais j'ai ma sensibilité !

Moi aussi, j'ai ma sensibilité,
et ne pas être réunie
avec mes proches pour les fêtes
à cause de vos ingérences
et de vos grèves, c'est plus que
je ne peux tolérer.

Après cet échange houleux, Sophia avait finalement claqué la moitié de son treizième mois dans des billets d'avion en last minute pour Genève. Elle ne savait pas comment elle allait payer ses impôts, mais plutôt crever que de ne pas être en famille pour Noël.

Dans le wagon, les bavardages se muent en mutinerie. Sophia ne peut contenir le battement nerveux de son pied. Qu'on les laisse au moins sortir cloper, putain ! Un chat miaule dans sa cage. Certains ont déballé les cadeaux qu'ils trimballaient dans leurs valises. Une partie de *Codenames* s'improvise dans le carré famille voisin. Une dame boulotte le bloc de foie gras que recelait le panier garni destiné à sa bru. La jeune mère a pris Sophia en sympathie – moins pour sa courtoisie au départ que pour sa capacité à s'émerveiller devant l'arrière-petit-fils de la vieille dame, si laid soit-il : « Je peux vous confier mes affaires ? » En plus d'attribuer à la maman et son nourrisson des sièges qui ne sont pas côte à côte, la compagnie les fait voyager à trois voitures de celle pourvue d'une table à langer. « Je vous en prie », acquiesce Sophia, qui lui sera éternellement reconnaissante de ne pas changer la couche de son rejeton à portée de narines. La voix du contrôleur interrompt ces tractations : « Mesdames et messieurs, nous devons changer de train... » Jingle insupportable. *Do*. *Sol*. *La* bémol. *Mi* bémol. L'accueil réservé à cette annonce est plutôt mitigé : « Manquait plus que ça ! Putain, c'est pas vrai ! » Le transbordement s'organise. Tous les passagers doivent évacuer par la même porte. Des agents les escortent, préviennent chutes et mouvements de foule. L'opération est interminable. En file indienne, femmes, enfants, vieillards et pères de famille piétinent dans l'allée centrale. Au bout d'une heure, on n'a progressé que de quelques mètres. Sophia consulte sa montre. Si l'autre TGV arrive maintenant, elle peut encore rallier l'apéro en cours de route. Vient son tour. À bout de bras, on tend sa valise aux voyageurs déjà exfiltrés. Le contrôleur et un agent l'aident à descendre. Leurs mains retiennent sa chute lorsqu'elle se jette dans le vide. Bon sang que c'est haut ! Qui soupçonnerait qu'un train privé de quai culmine à une telle altitude ? Son pied touche le sol, s'enfonce dans la gadoue. Sophia s'oriente avec difficulté. Ses yeux peinent à s'adapter à la pénombre. On est en rase campagne. La foule compacte s'entasse sur le ballast. Aucune trace du TGV annoncé. Sophia manque de s'étrangler :

— Mais où est l'autre train ?

— Il arrive, madame.

On s'assoit sur les bagages. On souffle sur ses doigts. On s'éclaire avec les portables, dont la batterie se décharge plus vite dans le froid. L'enfant hurle. Le vieillard se plaint de ses rhumatismes, que ravive l'humidité. Le chat dans sa cage est mécontent et le fait savoir. Sa complainte lancine comme un air de fado. Sophia allume une cigarette et s'éloigne de cette arche de Noé en quête de nouveaux visages. Elle fume sa clope jusqu'au filtre en trois taffes. Une fille en sarouel l'alpague :

— Je peux t'en taxer une ?

Sophia lui tend son paquet. Cette fille doit se geler dans ce vêtement prévu pour d'autres latitudes. Ses cheveux noirs forment des locks, elle a un anneau dans le nez, des bagues à chaque doigt et un bracelet à son nom : Claire. Sur la joue, une cicatrice, vestige du petit piercing si à la mode au début des années 2000 – Sophia, elle, a eu beau supplier, ramener un 15 au bac de français, Odile n'a jamais cédé : « La mutilation, c'est non. » Des boutanches de rouge jaillissent d'un sac en tissu indien décoré de petits miroirs :

— Regarde ce que j'ai chopé !

Sophia écarquille les yeux :

— Où tu as trouvé ça ?

— Dès que la situation a commencé à puer, j'ai fait une razzia en voiture-bar.

Sophia émet un sifflement admiratif :

— Joli...

— Instinct de survie.

Claire lui rappelle Anne-Charlotte, son ex meilleure amie du lycée. Une gothique sous acide qui faisait tourner les tables et la tête de son aristo de mère, qui voyait dans ses goûts, vestimentaires autant que musicaux, une intervention directe de Satan. Anne-Cha avait adopté une sorte de rat, qui nichait sur son épaule, rongeait ses socquettes et sa double particule. Elles avaient baptisé le rat Bacca pour dénoncer les pampilles en cristal, les privilèges, les inégalités, le système capitaliste, le luxe ostentatoire et la ploutocratie. Ensemble, ils avaient défilé contre le CPE, contre la loi Fillon, contre la guerre en Irak. Sous la houlette du muridé et de sa maîtresse, Sophia avait fait un pacte avec le diable, mêlant le sang de leurs paumes entaillées pour s'attirer l'amour d'Anthony, un mec qui faisait de l'escalade à l'UNSS. Un brun aux yeux bleus à qui le baudrier faisait un cul d'enfer. Le malin tardant à intervenir, l'adolescente avait rejoint, elle aussi, l'association, malgré son vertige et sa main pourfendue. Efforts inutiles : ce goujat d'Anthony lui avait préféré Anne-Cha. Aujourd'hui, le rongeur est mort. Personne n'a chopé le VIH des suites de la scarification. Anthony a disparu des radars. Anne-Charlotte est redevenue blonde. Sa double particule a retrouvé ses dorures, comme si Stéphane Bern en personne s'était chargé de collecter les fonds nécessaires à la restauration. Mariée, un enfant, elle a retapé le manoir familial grâce au Loto du patrimoine, pour y ouvrir des chambres d'hôtes ; elle va voter RN aux prochaines élections, si l'on se fie à ses posts sur Facebook, et les filles ne se parlent plus.

Alors qu'elle trinque avec Claire, c'est un peu de sa jeunesse déglingos qu'elle retrouve, un éclat de la belle légende.

Un petit gros, attiré par le pinard, s'arrête à leur hauteur.

— Vous allez jusqu'où, vous ?

— On vient me chercher à Dole, souffle Sophia avec sa fumée.

Claire boit à la bouteille :

— Je crèche chez des potes du côté de la frontière.

Aucune ne lui retourne la question. Elles n'ont pas spécialement envie de recréer une ambiance de groupe façon « voyage organisé » là, maintenant, au milieu de nulle de part, mais le jeune homme a un argument de taille : il a des chips. En portions individuelles.

— Vous en voulez ?

Les filles se concertent d'un regard. Il y a assez de pif pour trois. Claire lui échange une bouteille contre un paquet de Vico à l'ancienne, saveur vinaigre-échalotes. Il lève sa bouteille comme on porte un toast :

— Se cuiter dans le respect des gestes barrières, si c'est pas beau, ça !

Cette plaisanterie fait sourire Sophia. Il est drôle, petit gros. Il a de beaux yeux noirs, des cils longs à vous déprimer n'importe quel chef de produit mascara, et s'appelle Mathias. Sophia ouvre son sachet comme une gosse en colo. Sous la pression de ses paumes, le papier alu produit un bruit d'explosion. Elle y plonge les doigts. Les chips croustillent sous les dents. Le goût acidulé chatouille le palais. Le sel s'attarde sur les lèvres.

— Moi, je devais aller jusqu'à Lausanne..., mâchonne-t-il, c'est râpé.

Le train vide est reparti depuis longtemps, abandonnant derrière lui passagers et équipage. Combien de temps bavardent-ils le long du chemin de fer ? L'alcool réchauffe l'ennui, égaie les conversations, réduit les distances et les durées. À l'heure où l'on sort la dinde du four, le contrôleur et les agents organisent leur troupeau : « Éloignez-vous des voies ! Tout le monde s'écarte ! » Le TGV tant espéré se fait entendre au loin. La lumière des phares fend l'obscurité. Sophia, Claire et Mathias, qui ont éclusé le stock de la voiture-bar, applaudissent le conducteur, qui ralentit. La file se reforme. La chanson de Gérard de la compta revient à l'esprit de Sophia. À deux grammes, elle la trouve amusante. « Mets tes deux pieds en canard... » Ses camarades éméchés chantent avec elle. Les usagers embarquent, un par un. On jette leurs bagages après eux. « Malheureux, c'est que j'ai des choses fragiles, moi, là-dedans... », gémit la mamie. Ses lamentations ne sont plus qu'un râle à présent. Claire est aussi vive et agile que le chat qui miaule toujours dans sa cage. Sophia réussit à grimper dans le wagon sans trop s'humilier, trouvant finalement une utilité aux cours d'escalade de son adolescence. Mathias ferme la marche. L'agent et le contrôleur ne parviennent pas à le hisser. Après plusieurs tentatives infructueuses, les employés de la SNCF autant que le jeune Suisse sont harassés.

— Partez sans moi, les filles, ne m'attendez pas.

— Pas question ! bondit Sophia, comme s'ils rampaient dans les tranchées de Verdun, tu viens avec nous. C'est tout le monde ou personne.

— On ne laisse pas un camarade de picole sur le bord de la route ! confirme Claire, élevée dans la loyauté par un père militaire dont le film préféré est *Il faut sauver le soldat Ryan*.

Des mères de famille, fortes de leur expérience en organisation de kermesses et olympiades, leur prêtent main-forte. Elles collectent les écharpes du wagon, qu'elles nouent bout à bout, et improvisent une formidable épreuve de tir à la corde. Tous les passagers s'y collent. Mathias s'accroche. Ceux qui sont restés dehors lui font la courte échelle, le poussent de leur mieux. Mathias sent des mains lui palper le fessier, s'enfoncer dans le gras de ses cuisses. Oh hisse ! Oh hisse ! Le contrôleur serre la mâchoire sous l'effort. Malgré le froid de cette nuit d'hiver, son front est baigné de sueur. Mathias monte à bord sous les applaudissements des voyageurs en rade. Chacun se félicite du succès de l'opération de sauvetage. On récupère son cache-nez. On se donne une tape dans le dos avant de se reprendre : « Ah non, pardon, c'est pas Covid. » La SNCF distribue des plateaux-repas.

Le trajet reprend dans une bonne humeur qui doit beaucoup aux 25 cl de côtes-du-rhône fournis avec le sandwich. On troque une part de brie contre un Petit Beurre, le fromage et le dessert contre une mini-bouteille. Certains se sont assoupis. Les enfants sommeillent sur les genoux de leurs parents. Le chat ronronne. Sophia, Claire et Mathias, assis dans l'escalier pour ne pas troubler le repos des gosses exténués, se marrent, célèbrent le réveillon de Noël de cette année calamiteuse entre voiture basse et voiture haute, quelque part entre Dijon et Dole, le terminus. Le train pour la Suisse ne repartira pas avant le lendemain.

Sur le parking de la gare, déserte, se déverse le flot de voyageurs cernés. Les trois amis que le pif a rendus paf se disent au revoir comme des codétenus : « Bonne route à toi. » Sophia a proposé à Mathias de l'héberger pour la nuit : « Tu ne vas quand même pas rester seul pour Noël ! » Il lui emboîte le pas jusqu'à la voiture des Mornay, qui ont fait deux heures de bagnole pour venir récupérer leur fille. Sophia ouvre la portière, encore grisée de leurs excès :

— Papa, maman, Je vous présente Mathias !

*

Dans la salle à manger, Odile ajoute un couvert. Henri rallume les bougies. À 2,99 euros le paquet de cent chez Ikea, Odile en fout dans tous les coins. Elle sort les restes. Façon de parler. Elle a cuisiné pour un régiment. Interrompus par le débrief de la situation du trafic sur la ligne Paris-Lausanne en temps réel, les Mornay n'ont guère fait honneur à ce dîner de gala. Sophia embrasse sa mère : « Tu nous gâtes ! » Odile a meilleure mine. Les derniers résultats sont encourageants. Le traitement est prometteur. Sophia propose à Mathias un peu de terrine de foie gras. Ils se régalent de dinde, de cèpes et de farce, dont Odile sert l'excédent dans un plat à part, après avoir fourré la volaille. Henri va se chercher une assiette : « Allez, je vous accompagne… Quand c'est bon… » Il a tout un tas de petites phrases comme ça : « Faut se faire plaisir de temps en temps » ou « Faut bien mourir de quelque chose », quoiqu'il n'emploie plus tellement cette dernière depuis la maladie de sa femme – des poncifs qu'il sème quand on n'a pas grand-chose à se dire, espérant qu'une conversation fleurisse. Henri considère qu'il est de son devoir, en tant qu'hôte, de tisonner la discussion, comme les braises dans l'âtre ou le barbecue selon la saison. À chacun son rôle. Odile cuisine, prend les vestes, met les fleurs dans un vase, résout le casse-tête du plan de table. Henri propose les apéritifs et carafe des millésimes, qu'il touche à bon prix directement chez le producteur ou à la foire aux vins du Leclerc de Champagnole. Peu de tâches lui incombent : combler les blancs et servir le vin, peu importe la couleur. Pour ce qui est de la cheminée, on a vite réglé le problème : un feu factice crépite dans le téléviseur, plus vrai que nature.

Odile se laisse tenter par un toast au saumon fumé. Mathias se ressert, complimente Mme Mornay pour la finesse de sa farce. Odile rosit, a pour sa fille un sourire entendu :

— Il faudrait que je te donne la recette, ma chérie.

On s'est compris. Pas besoin du décodeur Canal+. Même l'invité pique un fard, un peu gêné par cette dot incongrue. Sophia a un sourire crispé. Sa mère a toujours eu des idées bien à elle. *L'amour, ça s'entretient. Rien n'est jamais acquis. Pour savoir comment va vieillir la fille, il faut regarder la mère*. C'est d'ailleurs précisément pour que Sophia se fasse passer la bague au doigt, et lui offre la descendance tant espérée, qu'Odile s'entretient, court dans les bois, défiant les prédateurs tous azimuts, s'inflige une heure de pilates hebdomadaire, cancer ou pas, et tous les matins, se malaxe les chairs, décapite les capitons. L'une de ces croyances lui est plus chère que les autres : il y a deux manières de retenir un homme, la cuisine et *le reste*. Si pour *le reste*, Odile Mornay a le bon goût de laisser sa fille se débrouiller, en matière de cuisine, elle revient souvent à la charge. Au grand désespoir de Sophia, qui n'a aucune envie de se farcir un cours particulier susceptible de virer en remake de *Cauchemar en cuisine*. Et puis, qu'est-ce que sa mère espère bien pouvoir tirer d'une personne qui n'achète que des pasta box ?

Il est près de 2 heures du matin quand on coupe la bûche. Au pied du sapin, des cadeaux. Certains ont déjà été déballés. Sophia reconnaît la yaourtière que sa mère reluquait au téléachat. Le modèle avec tout un tas de fonctions. Le cadeau à la mode qui risquait d'être remisé au garage avant d'avoir le temps de l'être en boutique, un peu comme le cadre photo numérique installé dix ans plus tôt sur tous les buffets et les pianos de France, de Mourmelon-le-Grand à Eugénie-les-Bains, dont l'écran immuablement noir prend aujourd'hui la poussière parce qu'on a perdu la patience d'y charger de nouvelles photos – et surtout le câble USB indispensable à la manœuvre.

Sophia ouvre ses cadeaux. Henri est allé chercher un vin de sa cave, il noue autour du goulot, rapide et imprécis, un bolduc récupéré sur son propre présent – un pull mi-laine, mi-cachemire :

— Mathias, on est désolés, on ne savait pas que vous veniez…

Sophia sourit, attendrie. Mathias est touché par l'attention :

— Fallait pas...

Sophia aide sa mère à débarrasser. Sur le mur, la main en pâte à sel, et le calendrier. 25 décembre. Elle ne peut s'empêcher de sourire, comme Miss Franche-Comté au milieu de la cuisine : elle est venue accompagnée pour Noël, finalement.

Après les tisanes, on va se coucher. Odile a préparé la chambre d'amis. Sophia toque doucement à la porte et dépose une serviette de toilette sur le lit.

— Tu as besoin d'autre chose ?

Il lui plaît bien, ce garçon aux rondeurs rassurantes et aux manières irréprochables. Elle le trouve drôle, sympathique, il parviendrait presque à lui faire oublier Nicolas. Si les murs n'étaient pas si fins, elle lui aurait signifié son intérêt sans équivoque. Sophia ne fait pas vraiment dans la dentelle, sauf pour le choix de ses tangas. Mathias la retient quand elle passe la porte. Il saisit son poignet, l'attire contre lui. Sa bouche trouve la sienne. Ses lèvres sont douces et sucrées comme deux framboises, à moins que ce ne soient les saveurs de l'entremets qui s'y éternisent. Elle s'attarde un instant dans ses bras, respire son parfum moite et confus de lotion après-rasage, de musc, de sueur et de fruits rouges. Au sol, un sac ouvert. À côté du bordeaux offert par son père, un livre dépasse. *L'Art du shibari*, déchiffre Sophia par-dessus son épaule. Elle ignore ce dont il s'agit, mais ça sonne nippon. Un féru du Japon ! Cultivé, assurément. Elle-même adore les makis, et Agnès l'a traînée à une expo de Murakami un jour, à Versailles, ça leur ferait des points communs.

— Bonne nuit, souffle-t-elle avant de regagner sa chambre.

Sur son smartphone, elle lance une recherche. Shibari. Ce féru du Japon pourrait bien être l'homme de sa vie. Qui sait, peut-être qu'ils partiront en voyage à Tokyo, feront l'amour dans les onsens, et si ça se trouve il est même capable de préparer les sushis ? Le moteur de recherche trolle ce tableau idyllique : « Le shibari est une technique de bondage japonaise… » Sophia a un mouvement de recul : « Pardon ?! »

PARTIE III

Le nœud coulant

Dans la pénombre de son petit appartement parisien, Sophia s'applique à reproduire les schémas du manuel. La cordelette est rêche entre ses doigts malhabiles. Réaliser une boucle. Y glisser l'une des extrémités. Elle qui n'a jamais été fichue de réussir un nœud de huit ou un simple nœud de cravate se retrouve, depuis quelques jours, en plein hentai BDSM.

— C'est comme un nœud coulant, la corrige Mathias, ligoté sur le lit.

Après un saut dans sa famille en Suisse, le jeune homme est rentré à Paris, avec son matos de varappe. Il a débarqué, chargé de sacs Décathlon, et Sophia a repris espoir. Cette histoire de bondage japonais n'était en fait qu'une passade. Il avait fini par trouver une nouvelle lubie sportive, comme ces gosses qui veulent découvrir à chaque rentrée scolaire une activité différente qu'ils abandonnent avant la fin du premier trimestre. Mais le manuel de shibari a bien vite resurgi des bagages et Sophia a dû se rendre à l'évidence : Mathias ne s'était pas mis à l'alpinisme. Il est juste plus à l'aise pour choisir ses cordages dans une enseigne grand public qu'au Sexodrome du boulevard de Clichy.

On sonne à l'interphone. Qui carillonne comme ça, au milieu de la nuit ? Sophia abandonne les sangles sur la couette. « C'est moi, je peux monter ? Je suis avec les filles. » Elle reconnaît la voix d'Agnès. Quelques minutes plus tard, l'ascenseur capricieux s'arrête à son étage dans un raffut de poulies et pistons. Agnès déboule, les yeux rougis :

— Ils nous ont tout pris.

Bébé calé sur la hanche, elle extirpe de l'ascenseur l'aînée, à califourchon sur une valise à roulettes. Sophia s'avance sur le palier. Un peignoir enfilé à la hâte dissimule en partie la dentelle de son corset :

— Qui ça ?

— Les huissiers, murmure la mère de famille.

Sophia en oublie de nouer sa ceinture :

— Hein ?!!

Agnès désigne ses gosses du regard.

— Je d-i-v-o-r-c-e, épelle-t-elle, les larmes aux yeux. On peut rester pour la nuit ?

Elle entre, sa valise et son aînée sur les talons, semblant oublier que l'on ne possède pas tous 200 m^2 avec moulures et parquet :

— Laisse-moi mettre un peu d'ordre..., a juste le temps d'articuler Sophia dans son dos.

Agnès découvre le curieux rôti en slip de latex :

— Ah... On tombe mal. Bonjour, monsieur...

Elle s'empresse de replier ses troupes vers la kitchenette.

— On ne veut pas déranger. Faites comme si on n'était pas là.

Elle déploie, imperturbable, son lit-parapluie inspiré d'une tente Quechua. Une fois les petites couchées, elle se précipite sur son smartphone. Trouver un RDV sur Doctolib avec un pédopsychiatre de toute urgence. Des huissiers et un string, ça laisse forcément des séquelles. L'EMDR peut-être pourra les sauver ? Ou le reiki ? Elle en touchera un mot à Marion dès que possible.

Sophia la rejoint dans le coin cuisine, pas question de poursuivre son initiation japonaise avec du public.

— Alors ? Tu vas me dire ce qu'il se passe ?

Un doigt sur les lèvres, Agnès traverse le studio et l'entraîne sur le balcon. Escroquerie financière, le mot est lâché. Sophia écarquille les yeux. Agnès vide son sac – le seul qui lui reste depuis que le fisc a saisi ses modèles griffés. Elle savait que son mari mouillait dans des trucs pas nets. Quand une amie l'avait surpris sur Tinder, il y a quelques années, et qu'elle l'avait confronté, Baptiste avait prétendu tester les fonctionnalités de l'outil pour lancer une app concurrente. De la veille technologique, ni plus ni moins. Qu'est-ce qu'elle allait s'imaginer ! Agnès avait fait semblant de le croire, consciente qu'une pension alimentaire ne lui permettrait pas de garder des moulures au-dessus de sa tête. Qu'il se tape, si ça lui chante, une dénommée Kelly, pourvu qu'elle puisse conserver le sien, en cuir Togo. Elle était prête à fermer les yeux sur quelques écarts de conduite, s'octroyant le droit de flirter avec ce galeriste en vue de la rue Charlot. Elle se doutait bien que dans ses affaires non plus il ne filait pas toujours droit, qu'il prenait quelques libertés peut-être avec leur déclaration fiscale, mais, là, on pataugeait carrément dans un scandale à la Madoff !

Mathias, toujours saucissonné, se rappelle à leur souvenir :

— Ça, ça va chercher dans les vingt ou trente ans de réclusion, facile, tu ne le reverras jamais avant la retraite…

« Mais il va la fermer sa gueule, celui-là », s'agace Sophia qui regrette de ne pas lui avoir ficelé le museau avec le reste. Agnès la dévisage. Son expression est limpide : Mais qui est ce boulet ?

Sophia ignore le type garrotté dans son plumard :

— Qu'est-ce que tu comptes faire ?

— Retourner chez mes parents, dans le Sud, quelque temps. Après, on verra bien…

— Tu pars quand ?

— Par le premier train.

Agnès contient ses larmes. La contrariété creuse un sillon sur son front. Sophia enlace son amie.

— Reste au moins pour le Nouvel An, ça te changera les idées.

Elle lui confie ses clés. Qu'Agnès profite de l'appartement en son absence, elle a prévu de passer le week-end à Bruxelles avec Marion après son insémination.

Dans le pieu, Mathias la ramène encore :

— Une insémination ? Mais elle n'est pas célibataire, ta copine ?

— Oui, et alors ?

Pour Sophia, les potes, c'est la famille. Un mot de travers à leur sujet et elle dégoupille.

Il fait la grimace. Dans ses yeux, pire que de la désapprobation, du mépris.

— Quoi ? souffle-t-elle. Encore un commentaire ?

Mathias ne répond rien, mais son avis sur la question est sans équivoque. Que son corps soit saucissonné, passe encore, mais que son esprit le soit aussi est intolérable pour Sophia. S'il juge ses amis, il va être compliqué d'organiser des soirées raclette ou des vacances ensemble. Elle ne préfère même pas imaginer sa tête s'il savait que Raph et Paul essayent d'adopter. Sans parler de l'aspect technique. Maîtriser les nœuds d'encordement et d'amarrage, risquer l'homicide involontaire par strangulation à chaque rapport, apprendre à marcher sur un torse, garder l'équilibre, répartir son poids sous peine de perforer la peau du bout du talon aiguille, n'est pas chose aisée – ne s'improvise pas dominatrice qui veut. Sans doute eût-il été moins complexe d'apprendre tous les kandjis. Le jeu en vaut-il la chandelle ? Non.

— Bon, Mat', c'était sympa, mais ça ne va pas le faire. Je te laisse remballer ton matos, okay ?

Sophia rentre avant de choper une pneumonie dans son peignoir en satin et détache son invité. Agnès s'assure que ce con n'a pas réveillé les gosses en prime. C'est entendu, elle reste pour le réveillon.

*

— Je pique où ?

— Le ventre, répond Marion sans hésiter.

La cuisse et la sangle abdominale sont indistinctement préconisées par les médecins, mais Marion est persuadée que viser le ventre s'avérera plus efficace pour déclencher l'ovulation.

L'Ovitrelle se présente sous la forme d'un stylo à l'extrémité duquel on visse l'aiguille jetable. Sophia, qui a regardé un tuto en ligne pour réussir la manœuvre, s'applique. Elle vérifie le réglage, puis, entre l'index et le pouce, pince la peau de son amie, qui grimace. Marion a toujours eu une sainte horreur des piqûres. Impensable de faire l'injection elle-même. « La solution injectable doit être administrée dans les trente-six heures précédant l'insémination, avait expliqué la sage-femme du centre de procréation médicalement assistée belge, dans le tissu graisseux, pas dans le muscle. » Marion n'avait pas envoyé de message dans le groupe WhatsApp des « Meilleurs ». Elle n'avait écrit qu'à Sophia : « Help ! »

Enfants uniques toutes les deux, elles ont reçu une éducation similaire. L'une dans le Jura, l'autre porte de Bagnolet, elles ont grandi dans une famille aimante – et un poil réac. Crise d'ado salée, adulescence qui s'éternise, elles ont gardé l'âme contestataire. Odile et Henri, tout comme Nadine et Jean, ne manqueraient pas de qualifier leurs filles de *woke* s'ils avaient connaissance de ce terme, qui pour eux n'a d'autre réalité que la poêle sauteuse dans laquelle ils font revenir les nouilles chinoises. L'une comme l'autre n'ont de fratrie avec laquelle se moquer gentiment des prises de position et ingérences parentales ou du conflit des générations parfois pesant ; pas de clan auprès duquel trouver refuge en cas de coup dur, nulle colonie avec qui organiser l'avenir. Elles ont beau plaisanter de cette situation – « Au moins, on évite le beauf problématique ou la belle-sœur branchée parentalité positive » –, chacune sait que, un jour, elle sera seule à se recueillir, seule à vider la maison de son enfance sans frangine à ses côtés. Et c'est ce qu'elles sont devenues l'une pour l'autre depuis toutes ces années : des sœurs. Une intimité qu'a renforcée leur célibat. C'est en sœur que Sophia a rappliqué aujourd'hui ; qu'elle lui tiendra la main lors de son accouchement ; qu'elle viendra la relayer quand Marion sera épuisée, remplir le frigo de lasagnes végétariennes surgelées – pas terrible pour l'écologie, mais moins risqué pour l'estomac de la jeune maman au vu des talents de Sophia pour la cuisine.

— J'y vais ? demande Sophia.

Marion retient son souffle, acquiesce d'un battement de paupières. L'aiguille se glisse dans la chair, lentement instille le produit, et l'espoir.

L'approche du tigre

Dans l'appartement de Paul et Raph, la fête bat son plein. Une boule à facettes pend au lustre de designer. Des guirlandes lumineuses clignotent au rythme de la deep house. Dans leurs tenues félines, les invités se trémoussent. Dress code : imprimé léopard. Raphaël a fait fort cette année. Un groupe danse, *ecstatique,* enchaîne les figures comme dans un cours d'acrosport. La pyramide humaine mime un vélo. Une jeune femme, penchée, offre ses bras ouverts en guidon. Deux éphèbes se sont accroupis pour former les roues, mus par une même énergie. Un autre porte sur ses épaules la plus petite et la plus légère de toutes, Ariane, la sœur de Paul, qui pédale en équilibre comme une forcenée. Les noceurs autour applaudissent la composition esthétique. L'un des convives, galeriste à la ville, souligne l'approche intéressante, digne d'un happening artistique. Sophia, elle, filme la scène, qu'elle partage en story, trop heureuse de pouvoir à nouveau exhiber sa vie sociale.

— Ça va ? s'assure-t-elle auprès de Marion, qui prend la pose devant l'objectif. Si tu ne te sens pas bien, on rentre.

Nausées, vomissements, fatigue, Sophia a lu attentivement la liste des effets secondaires liés à l'injection, mais son amie ne déplore qu'une légère boursouflure au niveau de l'abdomen, à l'endroit de la piqûre.

Près du buffet, Paul joue avec Valtesse et Athénaïs, qui suivent, captivées, sa démonstration de la révolution de la Terre autour du Soleil, les citrons des mojitos à l'appui. Marion se sert un nouveau virgin bloody mary – un jus de tomate en somme.

— La petite dernière a neuf mois… Pas sûr qu'elles captent tes histoires de système solaire.

Paul réajuste ses lunettes à écailles et hausse les épaules. Il n'est pas pour qu'on infantilise les gamins. Agnès prépare le biberon de ses filles entre deux moscow mules. Sur la table basse, les traces de lait en poudre ont remplacé la C. Un type s'approche pour sniffer la traînée blanche.

— Arrête ! s'interpose Agnès, c'est du Guigoz deuxième âge !

— Cool, sourit l'autre, qui n'a jamais rien testé de plus subversif.

Il forme une ligne parfaite. Sa carte d'adhérent du Club Med Gym a trouvé là une nouvelle fonction depuis que la salle de sport a fermé sur arrêté préfectoral et qu'il s'est mis à suivre Sissy Mua sur YouTube. Un an de fêtes illicites s'incruste au niveau de l'arête, sous l'opercule plastifié qui se décolle. Les baffles jouent maintenant une playlist années 90 - début 2000. *It's A Beautiful Life*. *Murder on the Dancefloor*. *Freed from Desire*. Éperonnée par la puissance de ces paroles, le tee-shirt « Born to Beyoncé » emprunté à Sophia, ou par un mélange hasardeux de rhum blanc, Perrier et Canadou, Agnès drague un homme, gay. Et poli :

— Valtesse et Athénaïs, c'est original…

— Je suis hyper-branchée Ancien Régime, hurle Agnès pour se faire entendre malgré la musique. J'aurais dû naître sous le Second Empire, mais sans la tuberculose, bien sûr.

Son rire aigu empeste l'alcool. Sa maladresse se fait entreprenante. L'autre, magnanime, affiche un sourire. Il glisse le long du canapé à mesure qu'elle se rapproche. Se tenir à distance. Trouver un sujet de conversation inoffensif. Rien de trop personnel ou de romantique.

— Vous pensez que ce sont des crevettes ou des gambas dans la salade océane ? Je suis allergique aux crevettes…

Agnès jette sans conviction un œil au saladier sur la table. Un morceau de cellophane gondole sur le rebord comme un vieux bas autour d'une cheville. Il est évident que ce sont des crevettes. Elle pencherait pour les Madagascar à 6 euros les 500 grammes. Elle se rapproche un peu plus, jusqu'à effleurer le lobe du jeune homme de ses lèvres :

— Vas-y, lâche-toi, on a de la cortisone.

Le jeune homme, en équilibre, une fesse sur l'accoudoir, l'autre flirtant avec le vide, s'éclaircit la voix :

— Vous êtes médecin ?

— J'ai eu deux gosses, c'est pareil.

Sophia exfiltre Agnès, qui saoule cet invité davantage que les cocktails. Elle lui arrache son verre des mains :

— Non, non, non, non, non, non, non, non, non, non, non, non, chante-t-elle.

Sa voix se fait l'écho du tube de Gala.

Agnès proteste. Du Nirvana s'échappe maintenant de l'enceinte. Marion, qui le sera bientôt, lance un pogo tant qu'elle le peut encore. Dès les premières notes, la musique électrise les corps. Déferlement euphorique. Déchaînement de bras et de jambes. L'essaim enfle jusqu'à devenir une nuée compacte, animée par la même fureur de vivre. Une masse colossale qui s'ébroue – un animal après une hibernation forcée. On bondit. On s'époumone. On s'aime, dans un sursaut de jeunesse. On gueule à s'érailler la voix. On danse à en perdre l'équilibre. On glane la moindre seconde tant qu'on a encore du souffle, on rattrape chaque instant volé par la récente pandémie. On s'en fout plein le cœur, la vue et le gosier dans une prodigalité déconcertante, comme s'il y avait urgence à vivre, comme s'il ne devait y avoir de lendemain. Les muscles se détendent. L'alcool et l'endorphine anesthésient la mélancolie. Et pour une nuit, on oublie les lendemains qui déchantent, le divorce, les descentes d'huissier, les *bullshit jobs*, le *bore-out* et le cancer. Le désordre fait trembler les moulures. Sophia se jette dans la mêlée. Une main la retient :

— Sophia ?

Elle se retourne. Tout son corps se raidit dans sa pelisse synthétique – elle respecte le dress code, mais les animaux davantage. Son cœur bat plus fort que les basses de *Smells Like Teen Spirit*. Les guitares se font hargneuses et sa voix aussi.

— Qu'est-ce que tu fous là ?

*

Benji pioche une part de pizza sur le buffet et s'explique, la bouche pleine. Il a vu sa story sur Insta et a décidé de passer. Sophia retient une injure.

— Tu m'as manqué, tu sais, souffle Ben.

Il l'enveloppe de son bras, Sophia le repousse :

— Tu vas être papa, tu en as mis une autre enceinte !

Raph passe par là, joint au bec. « Elle doit avoir pris trop de bide et il ne peut plus la baiser… », lance-t-il comme une poignée de confettis avant de rejoindre ses invités qui se dandinent sur les Daft Punk. *Aerodynamic*. Ben l'ignore.

— On était bien tous les deux. J'ai été con.

Un baiser volé à l'arrêt de bus, un week-end à Lisbonne, une Quechua dans un jardin, une course folle dans le métro pour échapper aux contrôleurs, *Bonnie and Clyde*, un air de fado, des tartines brûlées, l'esprit de Sophia rejoue leurs souvenirs. C'est fou comme la mémoire est sélective. Elle croit entendre sa mère : on sait ce qu'on perd, on ne sait pas ce qu'on retrouve. Elle n'en montre rien, absorbée par le ballet qui se joue sur la piste. Agnès ondule, son bébé sur la hanche. De l'autre main, elle fait tourner l'aînée comme on danse le rock'n'roll. L'enfant rit aux éclats, émerveillée par le mouvement de ses jupons et les pitreries de sa mère. Le bébé babille. Agnès rayonne. La boule à facettes diffracte leurs sourires. À l'infini. Sophia ne peut détacher son regard de la famille amputée. Une bouffée de tendresse gonfle sa poitrine. Ben surprend son trouble. Sophia se reprend. Trop tard. Il a perçu une faille, dans laquelle il s'engouffre :

— Je me suis planté sur toute la ligne, Soso. On a fait une énorme connerie…

— On ?

— OK, *j'ai* merdé.

Ben se lance dans le plaidoyer téméraire du type qui ne veut pas rentrer seul. *Ce n'est pas toi, c'est moi. J'ai ouvert les yeux. Tu étais la perle.* Il rame tant qu'il pourrait aisément rejoindre l'équipe de France de kayak aux prochains Jeux olympiques. Ben lui prend la main, cherche sa chaleur. De guerre lasse, Sophia écoute son mea culpa jusqu'au bout. *On a tous droit à l'erreur. Donnons-nous une seconde chance.* Un cri dans l'entrée suspend la tentative de rapprochement.

— Police ! Qui est l'organisateur de la soirée ?

*

On baisse le son. Les danseurs s'immobilisent. Raph chambre presque les nouveaux venus, qui se sont trompés de dress code : « Eh, les mecs, le thème, c'est pas YMCA ! » Il aperçoit derrière eux sa voisine de palier, celle qui les fait chier chaque fois qu'ils organisent ne serait-ce qu'une soirée raclette ou un apéro Just Dance. Merde ! Il s'empresse d'écraser son joint. Ce sont de vrais policiers.

— Bon, qui est l'organisateur ? s'impatientent les inspecteurs. Je vous préviens, si personne ne se dénonce, on verbalise tout le monde.

Chacun fixe le bout de ses bottines en moumoute tachetée. Raph s'avance :

— C'est moi.

Il parlemente avec les agents, leur donne du commandant et du commissaire. Lui eût-il incombé de renégocier la dette de la France auprès des instances européennes qu'il ne s'y serait pas pris autrement :

— Allons, messieurs, c'est le réveillon, nous sommes entre gens de bonne compagnie... Puis-je vous offrir une coupe ?

Le flic, imperturbable, le sermonne. On veut bien être tolérants le soir du réveillon, mais là, il est 3 heures du matin, les voisins veulent dormir.

— Je vais vous demander de bien vouloir couper la musique.

Paul s'approche. Pas question de laisser son compagnon aux prises avec la justice sans intervenir. Si Raph tombe, il tombe avec lui. « Tu sautes, je saute, Jack. » *Titanic* est son film préféré. Il l'a vu trente-deux fois au cinéma en 1997. Raphaël lui fait signe d'éteindre les baffles. Virgin mojito à la main, Marion avise l'un des flics :

— Vous êtes de quel signe ?

L'agent lève les yeux au ciel. Encore une illuminée. Marion insiste, l'astrologie est une science, comment peut-on admettre le phénomène des marées et nier par ailleurs l'influence directe des astres sur les événements terrestres, il n'y a qu'à visiter le campanile de Crémone et sa fabuleuse horloge astronomique pour comprendre l'alignement des planètes, un bien joli petit village au demeurant, Monsieur connaît-il la Lombardie ?

— Scorpion, je suis Scorpion, concède le flic avant que l'intervention ne vire en un épisode de *Secrets d'histoire*.

— C'est pour ça que vous êtes tendu. Dure semaine pour vous. Quel décan ?

— Pas de déca, merci. On est en service, là, au cas où ça vous aurait échappé.

— Vous êtes surmenés, je comprends, assure-t-elle.

Sa voix complaisante, pacifique, s'inspire des vidéos d'hypnose qu'elle écoute sur YouTube depuis son *burn-out*.

— Et donc, vous êtes plutôt du début ou de la fin du mois ?

— Du 17, s'exaspère le flic.

— Troisième décan, aïe ! grimace-t-elle. Cherchez pas, c'est Mars en Bélier qui fout sa merde. Laissez-moi deviner : votre corps vous lâche. Vous avez des soucis en ce moment, de type érectile ?

Il ouvre des yeux ronds, mais Marion, très sérieuse, poursuit :

— Incontinence, diarrhées aiguës peut-être ?

— Outrage à agent ! s'insurge le flic, tu me l'embarques. Troubles érectiles, je t'en foutrais, moi !

L'apprentie astrologue, experte en médecines alternatives, se retrouve immobilisée presque aussi vite qu'une voiture ayant dépassé l'autorisation de stationnement depuis moins de trois minutes sur un trottoir parisien : « Non mais, attendez, il y a méprise… ça arrive à des gens très bien… » Et tout ce dont écope Raph, par sa faute, c'est une amende forfaitaire de 68 euros pour troubles de voisinage. Agnès confie ses filles à Paul, au cas où la situation se gâterait, et se rue dans le tas. Elle a déjà raté le voyage entre potes au Canada, de nombreuses soirées, parce que la grossesse, les nausées, le post-partum… Dès qu'il se passe un truc fun, c'est sans elle. Y en a marre. Cette fois, elle veut en être. Et puis qui sait ? Peut-être qu'à cause de Baptiste elle est déjà recherchée par Interpol ? Mieux vaut se rendre de soi-même, la peine en sera moins lourde. Pas besoin de conseils d'avocat pour savoir ça. Elle a regardé suffisamment de rediffusions de *Présumé innocent* pour être au fait de la question. Elle offre ses poignets aux forces de l'ordre, prête à recevoir les menottes.

— Je suis madame Saussoy-Marlier.

Le flic hausse un sourcil :

— Oui, et moi je suis le capitaine Géreau.

— L'épouse de Baptiste Saussoy-Marlier, le banquier, insiste Agnès avec un air entendu.

— Et moi, le mari de Géraldine Géreau, dite Gégé, la fleuriste.

— Il a été arrêté mercredi…

— Oui, et pas vous. Si mes collègues avaient voulu vous interpeller aussi, ils l'auraient fait, s'impatiente le flic, donc vous nous laissez bosser, vous serez gentille.

Agnès se place en travers de son chemin :

— Mais puisque je vous dis que je me rends !

— Rendez-nous service plutôt : bougez de là.

*

Ben, qui a entraîné Sophia dans la cuisine, déverrouille la porte de l'escalier de service :

— Viens, on s'arrache.

— Je ne vais pas lâcher mes potes ! Tu ne peux rien faire, toi ?

Sophia est sortie assez longtemps avec lui pour savoir que Ben n'est pas le dernier quand il s'agit de jargonner, de faire des effets de manche, même en polo Lacoste sur un parking, pour faire sauter une contravention ou se prémunir contre les magouilles d'un commerçant véreux. Elle l'a aidé à réviser pour le barreau. Elle est même allée le voir plaider plusieurs fois. Ben n'est pas très grand, pas très carré d'épaules, mais il a le verbe haut. Il s'arrête au milieu de l'escalier, sourcils froncés.

— Outrage à agent, tapage nocturne, ça pue pour eux. Viens, je te dis, on se casse.

Pauvre type. Sophia le regarde, hébétée. Comment a-t-elle pu être sur le point de flancher un instant plus tôt ? Une citation, si souvent répétée par ses copines de lycée, lui revient : « Les ex, c'est comme la prison : si tu y retournes, c'est que tu n'as rien compris » – il ne serait pas idiot de se la tatouer en antisèche sur l'avant-bras. Elle voit défiler les éclaboussures de dentifrice sur le miroir, les traînées sur l'émail des W-C, ses ronflements, les bouteilles en plastique qu'il s'acharnait à acheter, sa manie de vouloir toujours avoir raison, de contredire par principe. Elle entrevoit le futur auquel elle a échappé : le prêt à taux intéressant négocié par un courtier, le pavillon, le monospace, le chien, les gosses, le Thermomix, la semaine à Morzine en hiver, Cassis en été, la caisse de retraite privée, la résidence secondaire peut-être, et un beau jour le régime anti-cholestérol, la prévoyance obsèques et deux dentiers dans un bain de Polident sur le rebord du lavabo ; les noces d'étain puis de porcelaine, moins résistante que celle du service reçu en cadeau de mariage qu'ils auraient fini par se partager en cas de divorce. En haut des marches, elle se dit que la vie n'est pas si mal faite. Qui s'engage avec un type qui détale au premier képi venu, pire, laisse les potes sur le carreau à la moindre difficulté ? Pas elle.

Elle tourne les talons.

— Sophia, attends !

*

Raphaël règle son amende, plaisante pour amuser ses invités : « Eh, les mecs, je rajoute ça sur le Tricount. » Sa désinvolture a le don d'exaspérer les flics.

— Vos cigarettes, c'est pas que des roulées..., renifle l'inspecteur.

On fouille Raph à la recherche de psychotropes, des fois que le fêtard ait planqué une boulette dans ses chaussettes en fil d'Écosse.

— Vous allez nous suivre au poste également... Et avec le virus qui repart, est-ce bien judicieux de se réunir à plus de cent personnes dans 80 m^2 ?

Sophia rejoint l'attroupement :

— Vous n'avez rien d'autre à foutre ? Ah, elle est belle, la police !

Le flic la somme de surveiller son langage sous peine de sanctions, mais Sophia n'a que faire de ses menaces :

— Qu'est-ce que vous venez nous faire chier ? On est tous vaccinés !

— J'aimerais bien voir ça, répond le flic.

Sophia grossit son passe vaccinal sur l'écran de son smartphone et le lui balance à la tronche. À plusieurs reprises.

— Et là, c'est bon ? T'imprimes ?

Le chef d'accusation est vite trouvé. Coups et blessures. On l'embarque elle aussi.

Agnès bondit devant eux :

— Assalamu alaykum !

Elle ne se rappelle plus très bien ce que braillent les terroristes salafistes avant de se faire sauter et ne connaît de toute façon que trois mots d'arabe, des formules de politesse pour l'essentiel, souvenirs d'une croisière sur le Nil en 2008. À ses amis horrifiés, elle adresse une moue d'excuse. Complètement con comme tentative, on est d'accord, mais elle voit venir le coup où elle va encore se retrouver en rade.

— Wa alaykum assalam, répond le policier.

La patrouille escorte les prévenus jusqu'au véhicule qui stationne dans la rue.

— Collabo ! braille Sophia à la voisine qui suit la scène depuis sa fenêtre. J'aurais pas aimé habiter votre immeuble en 42.

Agnès saisit la licorne en papier mâché achetée pour ses filles et s'élance à la poursuite du convoi. Puisque la brigade a l'air plus branchée stups qu'antiterrorisme, elle va leur donner matière à investiguer :

— Peut-être que je n'ai pas caché que des Kréma dans la piñata !

Le flic soupire. Cette affabulatrice le fatigue.

— Bon, vous me la coffrez aussi !

Au pire, elle finira en cellule de dégrisement.

La captive

Dans la cellule, Marion est livide. Dans quelques heures, elle doit être à Bruxelles. L'insémination doit avoir lieu dans les trente-six heures qui suivent l'injection d'hormones. Elle a placé tous ses espoirs – et ses économies – dans ce projet, Sophia lui a administré la piqûre préalable, mais, en ce 1er janvier 2022, le karma semble contre elle. Ce bébé, elle l'aime déjà. Pas question de lui faire faux bond à cause d'une bande de flics mal lunés. Elle ne sait pas ce que foutent les astres, mais de toute évidence il y a eu un bug dans la matrice.

Agnès, si émoustillée quand on lui a passé les menottes, commence à trouver le temps long. Elle tente de crocheter la serrure avec l'une de ses épingles à chignon. En vain. Ce truc-là ne marche que dans les rediff des *Petits meurtres d'Agatha Christie* qu'elle regardait quand son mari découchait.

— Benjamin est avocat, non ? Il ne pourrait pas nous sortir de là ?

Sophia secoue la tête et leur raconte les derniers rebondissements sans leur faire grâce des détails – ce n'est pas comme si on était pressés. Tout le monde profite de son récit. Il y a là une dame qui travaille dans le Bois, des époux sexagénaires arrêtés pour conduite en état d'ébriété au retour du réveillon. Même les flics tendent l'oreille. Ils ne se marrent jamais autant que lorsqu'ils espionnent les femmes de dealers placées sur écoute relater leurs histoires de cul à leurs copines. Sophia ne peut pas rivaliser, certes, mais ils lui trouvent tout de même un certain mordant. Avis que semble partager la sexagénaire en robe de cocktail :

— Comme vous avez bien fait de vous barrer, mademoiselle. Moi, j'ai épousé le mien de Benji. Voyez comme ça m'a réussi…

Sur le banc à côté d'elle, son mari décuve. Ce sarcasme lui arrache à peine un grognement. Agnès secoue les barreaux :

— Laissez-nous sortir ! Mes enfants vont mourir de faim !

Des mèches s'échappent de son chignon. Le stress a empourpré son cou d'urticaire. Raph lui fait signe de se rasseoir :

— Relax, Paul va s'en charger.

Agnès, le cheveu houleux, s'accroupit, les bras autour des jambes, comme son aînée quand elle boude. Ses supplications ne sont plus que des gémissements étouffés : elle n'a pas dit à Paul combien de mesures de lait en poudre compte un biberon. Raph la console : Paul est normalien et agrégé de physique, il devrait s'en sortir avec le calcul des dosettes.

Si Raph affiche un calme apparent, ses ongles sont plus rongés que la falaise d'Étretat par l'érosion. Il ne peut contenir le battement nerveux de sa basket contre la dalle de ciment. Marion retient ses larmes. Elle aurait bien fait cramer de l'encens pour chasser les mauvaises ondes, mais on lui a pris son briquet et toutes ses affaires à l'arrivée. Seule la méditation pourrait l'apaiser. Elle s'installe en position du lotus, paumes vers le ciel. Les plus désœuvrés l'imitent. La dame du 16e a pris place à côté de sa charmante voisine du Bois.

— On inspire et on expire par le nez. Vous allez tous me donner un « Om ».

— Ah non, c'est bon. Marre des hommes ! peste la sexagénaire.

— Elle n'a pas tort, approuve Sophia, paupières mi-closes.

— Pas un « homme », un « Om »..., soupire Marion.

Bientôt, les vibrations yogiques résonnent dans la cellule. Le son ricoche sur les murs décatis. Un agent passe une tête :

— C'est quoi, ce bordel ?

Marion se redresse :

— Tout ceci n'est qu'un terrible malentendu. Laissez-nous sortir. Il y a sûrement un moyen de s'arranger...

Le flic secoue la tête.

— S'il vous plaît, je dois être en Belgique dans quelques heures... Je peux vous tirer le tarot, si vous voulez ? Vous préférez une initiation au chamanisme ? Il y a bien une personne dans votre entourage que vous détestez ? Je peux vous en débarrasser si vous nous relâchez. Vous connaissez le vaudou ?

Le flic hésite. Il est vrai que sa belle-mère lui tape sur le système solaire, bancaire, immunitaire. Toujours à pinailler. Toujours à critiquer leur façon de s'y prendre avec les gosses, les finitions du carrelage qu'il a posé lui-même dans la salle de bain, la cuisson des merguez, ou le rosé pas assez frais à son goût, mais il doute qu'un homicide n'aide cette bande d'illuminés à sortir plus vite d'ici.

— Faites pas attention, monsieur l'agent, plaide Raph.

Son amie a plus l'air d'être sous ayahuasca qu'autre chose. Inutile d'accréditer davantage la thèse du réseau de trafic de stupéfiants. Les résultats du labo quant au contenu de la piñata ne devraient plus tarder. Marion regagne sa place, abattue. Le train part dans quelques heures. Cette fois, c'est foutu, elle peut dire adieu à Bruxelles et son bébé.

À 6 heures du matin, de nouveaux flics font leur apparition. L'équipe de nuit rentre se coucher. Des effluves d'after-shave et de café fumant saturent l'espace. L'un des agents mâchonne sa touillette comme un cow-boy un brin d'herbe. Sophia sent sur elle son regard. Il la dévisage, la déshabille presque. Elle reconnaît ces petits yeux, ce corps trapu. L'échange silencieux n'échappe pas à Raph :

— Tu le connais ? C'est qui ?

— Le lécheur d'aisselles.

Raphaël est pris d'un fou rire presque aussi contagieux que le virus qui fait la une de tous les médias depuis près de deux ans. Les nerfs lâchent. Les yeux brillent.

— On a une carte à jouer, hoquette-t-il.

Il sèche ses larmes du revers de la main. Sophia met les autres au parfum et les rires fusent de plus belle. Se laisser renifler l'aisselle contre une remise en liberté ? Marion considère sérieusement l'option. C'est une caution comme une autre. Seule Agnès se recroqueville au pied du banc. Hors de question qu'elle se prête à des jeux tordus, et puis de toute façon elle utilise un déo longue tenue bourré de paraben et autres substances aussi toxiques qu'efficaces, alors, même avec la meilleure volonté du monde, sa contribution ne serait d'aucune utilité.

— On se calme, se reprend Raph, personne ne lèche l'aisselle de personne. On va juste tenter un truc...

Une voix les interrompt :

— Y a un problème ?

On se pince les lèvres pour ne pas rire. Chacun évite de croiser le regard d'un codétenu, de peur de relancer la pandémie incontrôlable. Sophia se lève pour saluer son rencard foireux. Raph lui emboîte le pas :

— Vous connaissez mon amie, je crois ?

Le flic le regarde d'un drôle d'air. Raphaël s'évente :

— Il fait une chaleur à crever ici ! Vous n'avez pas chaud, vous ?

Il secoue le tee-shirt qui lui colle à la peau, fait mine de renifler, écœuré : des heures à macérer ici sans douche, ça fouette là-dessous. Le flic se racle la gorge :

— On a compris, monsieur, c'est bon.

Raphaël a un large sourire.

— Vos collègues aussi ont compris, vous croyez ?

L'agent joue avec le trousseau de clés du local pour se donner une contenance. La dame du Bois, qui, par son métier, a développé une certaine empathie et une indéniable expertise, se lève comme pour se dégourdir les jambes :

— Te bile pas, mon chat, des comme toi y'en a tout plein.

Le flic regarde tour à tour les prévenus. Ce n'est pas possible, la terre entière est au courant !

— Tu oublies les clés sur la serrure et moi j'oublie ce que je sais ? chuchote Sophia.

— Non, mais, ça va pas bien ! Vous n'êtes pas près de sortir d'ici, c'est moi qui vous le dis !

Marion donne un coup de pied dans les barreaux. Son dernier espoir d'avoir le Thalys vient de s'écrouler.

Les incisives cisèlent les cuticules. Les faux cils se décollent des paupières fatiguées. Les têtes reposent sur l'épaule ou la cuisse du voisin. On ne dort pas vraiment, on somnole. On ressasse. On sursaute quand retentit la sonnerie du téléphone. C'est la responsable du labo :

— Stéphane ? Dans la piñata, il n'y avait pas que des Kréma…

Le regard du flic s'éclaire à ces mots :

— Ah !!

— On a aussi retrouvé des Dragibus, des Tagada, des Miami Pik, et même un Carambar. Mon équipe est formelle.

Un tel assortiment ne pèse pas assez lourd dans le dossier – si l'on fait fi des calories – pour garder les fêtards au gnouf. Dans un sens, ça l'arrange bien.

Si l'un d'eux révélait ses petits secrets à ses collègues en interrogatoire, il se ferait chambrer à vie. Ce genre de rumeurs, ça vous poursuit même après une mutation.

Stéphane déverrouille la porte dans un cliquetis métallique. La lourde grille grince. Sans lever les yeux de son registre, il appelle les prévenus : Sophia Mornay, Raphaël Katz, Marion Renaud et Agnès Saussoy-Marlier.

— Allez, foutez-moi le camp !

Des cris de joie accueillent cette nouvelle. L'euphorie est de courte durée : 10 h 09, indique l'horloge du commissariat. Le train pour Bruxelles part dans seize minutes.

*

Une policière, à la queue de cheval si tirée qu'elle lui défroisse le front mieux qu'un lifting, leur restitue leurs effets personnels. Agnès retient l'idée : moins cher que le botox. Raph, en gueule de bois, renfile ses lacets avec autant de difficulté qu'un fil dans le chas d'une aiguille.

— Grouillez-vous ! supplie Marion qui pianote déjà sur son portable, frénétique, à la recherche d'un VTC.

Sophia, incapable de tenir une minute de plus sans nicotine, est la première à la porte.

— Où allez-vous comme ça ? s'interpose le lécheur d'aisselles. Il reste des formalités à régler.

Marion s'épouvante.

— Pars devant, la rassure Raphaël, on s'en occupe.

Marion, ignorant les messages de « Bonne année » copiés-collés par une poignée de paresseux à tout leur répertoire, réserve un Uber. Le Thalys part dans quatorze minutes. Si le chauffeur est le fils spirituel de Samy Naceri, elle peut être dans les temps. L'app se montre inclémente : « 8 minutes d'attente ». Merde. Aucune trottinette électrique dispo dans le quartier. En métro, il leur faudrait trois quarts d'heure pour rejoindre la gare du Nord. Marion transpire. Ses mains sont moites. Sa gorge douloureuse. À la borne en face du commissariat, tous les Vélib sont pétés. Non non non !

— Le rendez-vous ne peut pas se décaler, j'imagine ? risque Sophia.

Marion secoue la tête, les yeux humides. Agnès et Raph les rejoignent sur le trottoir :

— Mais vous êtes encore là ?!

Marion erre dans la rue à la recherche d'un taxi. Agnès, qui a récupéré, parmi ses affaires, un trousseau, a une fulgurance :

— Suivez-moi !

Le Cayenne est garé à deux pas de là, au siège de Lexy Capital. Dans le parking désert, en ce 1er janvier, on trouve le véhicule sans mal. Les filles montent à l'arrière. Agnès prend le volant. Raph, à côté d'elle, boucle sa ceinture et se cramponne. Les exploits d'Agnès ne sont pas légende. Comment a-t-elle obtenu son permis de conduire ? Le mystère reste entier. La minijupe qu'elle portait le jour de l'examen et la difficulté modérée du parcours dans la petite agglomération périurbaine de province où elle a grandi semblent fournir une explication plus vraisemblable que sa maîtrise des créneaux. Agnès ne s'est jamais faite à la capitale. Ou plutôt la capitale ne s'est jamais faite à elle. Plusieurs fois, Baptiste s'était ému de l'apparition de nouvelles rayures sur la carrosserie de son petit bijou. Agnès avait toujours accusé les chauffards parisiens, les livreurs à vélo sous pression qui défient le code de la route. L'ubérisation de la société, les travaux d'Hidalgo, elle avait toujours une bonne excuse – que celui qui n'a jamais grillé une priorité lui jette le premier jeton de lavage automatique. Jusqu'au jour où, emportée par 650 chevaux désireux de brouter l'herbe du rond-point de la place Wagram, elle avait embouti la caisse. Depuis, il refusait catégoriquement qu'elle la conduise.

Les pneus couinent sur le revêtement en résine du parking. On a l'impression de glisser comme sur une patinoire. La rampe de sortie s'enroule en spirale autour du véhicule qui fonce vers la lumière. Le mur semble tout proche. Raph s'agrippe de plus belle. Tous ses muscles se contractent. Il ferme un œil, paré à l'impact :

— Baptiste t'a filé sa caisse ?!

— Pour payer l'avocat.

— Je me disais aussi…

Sur le moment, Agnès n'avait pas bien compris et s'était empressée de glisser dans son sac à main le jeu de clés confié par son mari. Aujourd'hui, tout est plus clair. Il savait qu'il allait tomber et aurait alors besoin d'un ténor du barreau. Seulement, cette Porsche, Agnès n'a pas l'intention de la vendre.

Le Cayenne déboule rue de Rivoli, prend la rue Saint-Roch. À contresens. Agnès roule sur le trottoir pour éviter le camion-poubelle qui collecte les restes du réveillon. À l'arrière, les filles sont tendues. Le train va partir d'une minute à l'autre. Même avec cette Fangio, perles aux oreilles, au volant, ça risque d'être juste. Marion, les yeux rivés sur l'app de la SNCF, invoque les esprits. Pourvu que le départ soit retardé. À l'écran, toujours ces mots terribles : « À l'heure ». Putain ! Pour une fois qu'on a besoin d'une panne, d'une grève, d'un cerf errant, ou d'un incident technique lié au vol de cuivre, tout roule comme sur des rails. Sophia compose le numéro d'assistance aux voyageurs :

— Allo ? Je vous appelle pour signaler un bagage abandonné… Gare du Nord, oui…

Marion est partagée entre effarement et reconnaissance. La fausse alerte, elle n'aurait jamais osé. L'intervention des démineurs devrait leur permettre de gagner la gare à temps. Dans le rétro, Agnès leur lance un regard désapprobateur. Valtesse et Athénaïs ont déjà un père en taule, leur mère ne peut pas passer sa vie en garde à vue à cause de leurs conneries, merde ! Elle ne voit pas le bus RATP qui arrive en face. Raph se jette sur le volant : « Regarde la route, bordel ! » Le Cayenne fait une embardée, manque de s'empaler dans la vitrine du Lancel de la place de l'Opéra. Les filles hurlent. Le smartphone de Sophia vole, atterrit sous le siège passager. On a évité la collision de justesse. Agnès reprend son souffle avant de redémarrer. D'une main tremblante, Marion lui fait signe. Mollo. Elle a beau croire en la réincarnation, elle serait favorable à ce qu'on lève un peu le pied. À tâtons, Sophia cherche le portable fugueur, niché quelque part entre le siège de Raph et la portière. Ses doigts rencontrent un obstacle, butent contre une masse qu'elle ne parvient pas à identifier. Elle se baisse, intriguée. Ce qu'elle découvre lui arrache un cri :

— Putain, Agnès, c'est quoi tout ça ?

*

Du fric. Du flouze. Du blé. Du pognon. De l'oseille. De la maille. Du biff. Des dolls. Des thunes. Des pépètes. Bref, toute une fortune. Un joli pécule planqué là, dans l'habitacle. Il y en a partout. Sous les banquettes, jusque dans la boîte à gants. Ce n'est plus une caisse, c'est un tiroir-caisse avec airbag et jantes platine 22 pouces. Sophia reste un instant interdite – presque autant que le panneau rouge barré d'un trait blanc qu'Agnès, sous le coup de l'émotion, consent à respecter.

— Peut-être que Baptiste n'était pas prêt à te voir vendre sa Porsche pour payer l'avocat finalement...

Agnès, frénétique, fourre dans son sac à main autant de liasses qu'il peut en contenir :

— On emporte tout.

Chacun l'aide de son mieux. Raph glisse des billets jusque dans ses chaussettes. Sophia bourre tellement son soutif qu'elle gagne au moins deux tailles de tour de poitrine. Marion, prise au dépourvu – elle s'est affranchie des armatures et des dentelles sous l'impulsion du mouvement #FreeTheNipple –, dénoue les élastiques de ses tresses collées pour réunir les liasses et en faciliter le transport. Les sacs débordants, les dessous molletonnés de 150 000 euros en petites coupures, ils débarquent boulevard Magenta. Devant eux, la gare monumentale, hiératique. Une arche, deux pavillons couronnés de statues. Marion et Sophia bondissent hors du véhicule infernal. Raph leur emboîte le pas :

— On vient avec vous.

Agnès hésite un instant : « Tu crois que Paul peut garder les filles encore un peu ? — Non, non, il va les signaler à l'ASE, ou pire : appeler ta belle-mère », ironise Raph. Elle roule des yeux, Raph lui fait signe de se magner : « De toute façon, à cette heure-ci, ils sont tous en train de pioncer comme des bienheureux, si tu veux mon avis. On les appellera plus tard. » La mère de famille abandonne le Cayenne sur le parvis – elle ne sait toujours pas faire de créneau et a maintenant assez d'argent pour payer la fourrière. Ils sprintent dans leurs tenues de réveillon défraîchies. Quatre léopards dans le hall de la gare du Nord. « Prochain départ pour Bruxelles, voie 8. » Des militaires de l'opération Sentinelle patrouillent. Des étudiants qui ont découché rentrent chez eux. Dans le bide, pour tout petit-déj', un Mars acheté à la machine. Sur des écrans lumineux, des réclames touristiques pour le zoo de Beauval ou la cité phocéenne. Le petit panda, filleul de Brigitte Macron, se fait voler la vedette à intervalles réguliers par la Bonne Mère : « Marseille vous ouvre les bras. » Les rares voyageurs guettent les panneaux. Les voies s'affichent avec un bruit de roue de la fortune. Et c'est vrai qu'il y a une part de hasard dans cette répartition aléatoire. Certains y vont de leur pronostic : « La Picardie, c'est toujours voie 15 ou 16. » Les plus aguerris se placent en conséquence, prêts à tracer. Un journal à la main, et sur la face, un air suffisant. Être le premier a son importance, tout spécialement dans les TER sans classes ni place attitrée. Les résultats de ce drôle de tirage tombent. La foule converge. Le lettrage s'affole. Les destinations remontent dans la colonne des départs. Compiègne remplace Beauvais qui succède elle-même à Calais. Les amis se pressent. Sophia se laisse distancer. Une douleur aiguë lui larde l'abdomen. Elle croit entendre son professeur d'EPS au collège de Pré-des-Sources : « Encore un point de côté, Mornay ? Un seul secret : la res-pi-ra-tion ! » Quinze ans et 5 625 paquets de clopes plus tard, Sophia ne sait pas plus comment poser son souffle et s'en contrefout. Raph atteint le quai le premier. Ses longues jambes, sa foulée athlétique, lui permettent de gagner le repère indiqué presque sans effort. Agnès le talonne – courir après deux gosses, ça vous entraîne pour les JO. Marion ne se débrouille pas si mal. Poursuivre un rêve décuple les forces. C'est ce que se dit Sophia, et ce pourrait être le titre de l'un des best-sellers en tête de gondole du Relay devant lequel elle ralentit, essoufflée. Le chef de gare porte le sifflet à ses lèvres. Les portes vont se refermer. Sophia arrive bonne dernière, crache avec ses poumons :

— Attendez !

Les moules-frites

Le train se met en branle. La ville s'éloigne peu à peu. Sophia, le front collé à la vitre glacée, prête attention à des détails qu'elle n'avait jamais remarqués auparavant. Des tentes sous un pont. La carcasse d'une gazinière sur le ballast. Au mur, un collage féministe pâlit : « La femme n'est pas l'avenir de l'homme. Qu'il se démerde. » Du côté de Rosa-Parks, un immeuble jaune et blanc darde son éclat sur la cité comme un bouton d'or sous le menton. Ses fenêtres circulaires, en losanges ou en forme de trèfles, s'alternent dans une esthétique millimétrée, semblable à celle du monogramme qui orne le sac à main replet d'Agnès. Deux ados qui discutent sur les sièges derrière elle ne s'y trompent pas : « C'est un Vuitton, tu crois ? » Et Sophia ne sait pas très bien si elles parlent du bâtiment ou du *tote bag* en surpoids.

La ville n'a pas encore disparu que le sommeil la happe. En face d'elle, Agnès et Raph ronflent déjà.

Seule Marion peine à fermer l'œil malgré la fatigue. L'angoisse tord son estomac vide : et si l'insémination échouait ?

Quand Sophia rouvre les yeux, la discussion va bon train dans le wagon à moitié vide. À l'ordre du jour : les résolutions pour la nouvelle année. Raph n'en prend jamais, ce qui reste le meilleur moyen de les tenir. Il fait *Dry January*, ce n'est déjà pas si mal. Marion, elle, refuse de laisser la société lui dicter une nouvelle injonction, a fortiori si celle-ci consiste à s'en imposer à soi-même. En tant que femme, les contraintes qui pèsent sur elle depuis l'enfance sont déjà écrasantes, elle ne va pas en plus se fixer des objectifs dignes d'un manager de PME. Comme si elle avait attendu janvier pour devenir végane ou pratiquer la méditation au quotidien ! Agnès non plus ne se sent pas très concernée par cet engouement labile. Sa vie entière n'est que résolutions. Dresser une liste en janvier lui serait bien superflu. C'est le genre de nana qui arrive à concilier canapé blanc et enfants en bas âge, porte un manteau de la même couleur sans jamais se tacher, est sortie de la maternité après sa seconde grossesse dans un jean en taille 36. Sophia, pour sa part très assidue dans les régimes commencés le dimanche soir et abandonnés le lundi matin, bâille. Raphaël lui offre un chewing-gum :

— Agnès divorce, Marion va avoir un bébé, et toi, tu as prévu quoi cette année ?

Sophia hausse les épaules. Si l'année écoulée lui a bien appris une chose, c'est à ne pas être trop exigeante. Dans sa tête, les possibles se bousculent. Changer d'appart. Démissionner. Adieu Joséphine Poulain, Gérard de la compta, Sonotop et son logo foireux. L'affiche de l'office de tourisme de Marseille lui revient comme un flash. L'heure n'est déjà plus aux grands changements ou aux révolutions minuscules : « Mesdames et messieurs, votre TGV 8761 à destination de Bruxelles-Midi va entrer en gare. Merci de veiller à ne rien laisser à bord… »

Marion pousse tout le monde. Elle est déjà en retard et la clinique est à l'autre bout de la ville. Pardon ! Entre ses lèvres, cette formule de politesse devient une interjection ponctuée de soupirs excédés. Eût-elle lancé à la cantonade « Dégagez, bordel ! » que les voyageurs ne s'en seraient pas émus davantage. Raph, long comme un héron cendré, un héron à pelisse de léopard, ouvre la voie : « Future maman, laissez passer ! Laissez passer ! Femme enceinte… ou presque. » La foule s'écarte sur son passage comme jadis la mer devant Moïse, et, l'espace d'un instant, il entrevoit le saisissement qui a dû être celui de son lointain aïeul. Le petit groupe atteint le quai. Et la course reprend de plus belle.

*

Dans la rue, ils s'engouffrent dans un taxi-van. Le chauffeur écoute *Despacito* à toute blinde. Du gel hydroalcoolique qui sent la vinasse s'échappe d'une bombonne coincée dans le porte-gobelet. Raph et Agnès profitent du trajet pour prendre des nouvelles des filles et de leur baby-sitter. La cadette gazouille à l'écran. L'aînée raconte à sa mère comment les glaçons se transforment en eau, sous le regard débonnaire de Paul, heureux que sa démonstration avec la glace pilée des mojitos ait fait mouche auprès de son jeune auditoire.

— Tu es prêt, à ce que je vois ! le charrie Agnès.

Paul a un rire gêné. Raph se pince les lèvres. Un an qu'il essaient d'adopter, mais en France c'est quasiment mission impossible.

À travers les gouttes de pluie qui recouvrent la vitre, la ville paraît difforme. Marion observe, en silence. Sophia prend sa main :

— Ça va aller ?

Marion acquiesce par réflexe, par convention, mais son sourire dissimule mal son anxiété.

— Et si ça ne marche pas ? souffle-t-elle.

La main de Sophia serre la sienne un peu plus fort :

— On reviendra.

Marion détourne le regard. Elle pense à son intéressement, ses treizièmes mois laborieusement épargnés quand d'autres s'achetaient des escarpins, s'envolaient vers le soleil sans escale à Moscou pour économiser cent balles, recommandaient un spritz en dehors de l'*happy hour*. Son budget n'est pas infini. À près de 700 euros la tentative, sans compter le voyage et l'hébergement, elle ne pourra pas revenir à chaque cycle.

L'autoradio joue maintenant du Bashung. Sophia reconnaît la mélodie de *Gaby*. Le van s'arrête devant un bâtiment moderne. « Centre de procréation médicalement assistée Janssens », peut-on lire sur la façade fraîchement ravalée. Les « Meilleurs » se prennent dans les bras.

— Ça va bien se passer, encourage Agnès.

— Merci d'être là, murmure Marion.

Seule Sophia est autorisée à l'accompagner, en raison du contexte sanitaire. La portière du van se referme sur Bashung qui chante toujours : « À quoi ça sert la frite si t'as pas les moules ? » Alors que les filles se dirigent vers les portes automatiques, cette année, pour la première fois, Raph prend une bonne résolution. Il les rattrape avant qu'elles ne pénètrent dans le hall :

— Marion, je peux te parler en privé ?

L'arc-en-ciel

Quinze mois plus tard

Accroché à la corniche, un petit restaurant qu'éclabousse la Méditerranée. La terrasse de bois épouse les contours aléatoires de la géologie. Par-delà la rambarde, semblable au garde-fou d'un navire, la mer à perte de vue. Les îles du Frioul. Au loin, le château d'If. Si l'on se penche un peu, l'Estaque et l'entrée du Vieux-Port. Sophia s'approche. La balustrade poisse sous ses doigts. Elle prend une profonde inspiration. Le vent salé dessine des vagues jusque dans ses cheveux. L'air marin gonfle ses poumons. Aux embruns se mêlent le parfum entêtant des pins parasols, l'odeur des peaux moites et de la friture. Dans le ciel, une mouette. Ou serait-ce un parapente ? Sur le buffet, les sardines grillées, l'aïoli, la tapenade et la fougasse viennent à manquer. Sophia fait signe aux extras, engagés pour l'occasion.

Ils reviennent les bras chargés de plateaux. Sur la vaisselle, un calligramme en lettres d'or : « Comme à la maison. » La musique étouffe les conversations. Un groupe des Balkans joue des rythmes à en délaisser les chaises. Tous les invités ondulent. Au centre du cercle, la star du jour : le bébé dans les bras de Marion, qui fait des risettes aux convives. Un amour de petite fille, blonde comme le soleil local. Le portrait de Raphaël au même âge. Près du bar, Paul disserte avec sa belle-mère. Il crie presque pour se faire entendre. La musique se coupe façon *Louxor j'adore*. « Y a toujours un échappé de la Manif pour tous pour t'expliquer qu'une vraie famille, c'est un père et une mère, alors que le petit Jésus, lui aussi, il a deux papas et une maman… » l'entend-on gueuler. Un rire s'empare de l'assemblée. Les applaudissements fusent. Et on remet le son.

Valtesse court après sa grande sœur. Agnès les laisse chahuter entre les tables, se cacher sous les nappes en lin. Son chignon est plus flou, ses hanches sont plus rondes. Elle a l'air apaisée et heureuse.

— Tout va bien ?

Sophia acquiesce. Au loin, l'objet ailé non identifié enchaîne les figures. Elle accepte le verre de rosé que lui tend le barman. La fraîcheur la saisit, remonte le long de sa main. Elle trinque avec sa nouvelle associée :

— Au plus bel événement de la saison !

— De l'année même ! renchérit Agnès.

Sonotop a accordé à Sophia une mise en disponibilité. Avec l'argent de Baptiste, les deux amies ont monté leur affaire. Une galerie-bar à vin éphémère sur la corniche Kennedy, dans un joli local avec bail saisonnier. Elles ont hésité au moment d'imprimer leurs cartes. « Galerie-bar à vin », ça peut faire pompeux, mais la région n'est pas avare de concepts nébuleux. Les *nail artists* font ici concurrence aux prothésistes ongulaires, les *hair stylists* aux coiffeurs et les scénographes floraux aux fleuristes – vendre des « scénographies » plutôt que des « centres de tables » permet de facturer plus cher le mimosa. C'est dans l'euphorie des migrations parisiennes et la lubie entrepreneuriale post-confinement qu'est né Comme à la maison. Au mur, des toiles d'Agnès, dont l'atelier se visite à l'étage. Dans les verres, une sélection biodynamique où s'exprime toute l'expertise de Sophia. Le clou du spectacle : cette vue digne d'une affiche de l'office de tourisme, semblable à celle aperçue il y a bien longtemps dans le hall de la gare du Nord.

Pour l'ouverture de leur établissement, les associées accueillent le baptême de la filleule de Sophia. « Tu veux bien être la marraine ? » lui avaient demandé Paul, Raph et Marion, un soir d'été, peu avant qu'elle ne quitte Paris. C'était à la terrasse de la Java, dans le 2e arrondissement. Sophia revoit encore leur air espiègle. Des gosses le matin de Noël. Elle avait ouvert des yeux plus ronds que le bidon de la future maman : « Moi, vraiment ? »

Sa bouche s'était tordue pour contrer un sanglot. Sa vue s'était troublée. On lui faisait confiance. On l'avait choisie, elle, Sophia. Elle qui n'était pas mère et ne le serait jamais. Cette enfant, elle l'aimait déjà. Comme elle était pressée de l'accueillir en vacances, de lui servir des Miel Pops plutôt que des graines de chia au petit-déj', des frites plutôt que des pousses de soja à midi, de l'écouter confier ses peines de cœur, de l'épauler quand, à l'adolescence, elle annoncerait à ses parents qu'elle ne veut pas faire une fac d'arts plastiques mais HEC, qu'elle n'est pas non-binaire, qu'elle a rencontré le fils d'encartés LR (le parti aura probablement changé trois fois de nom d'ici là). Sophia serait là, en médiateur, quand plus tard la gamine décréterait qu'elle doit se faire baptiser « pour de vrai » si elle veut se marier à l'église.

« Ben oui, toi, patate ! Qui d'autre ? » s'était amusée Marion entre deux gorgées d'un mocktail à huit balles – ça faisait quand même cher, le jus de papaye. Faudrait voir à faire des économies, le bébé aurait besoin de couches écologiques.

Sophia n'avait pu retenir son émotion. Évidemment qu'elle acceptait !

La musique balkanique s'est tue. Le ressac couvre le bruit de la route toute proche. Le parapente – c'est bel et bien un parapente – dessine des arabesques sous les yeux ébahis des gosses. On se prépare pour les discours. La cérémonie, un peu spéciale, laïque assurément, quoique non dépourvue d'un certain mysticisme, est menée par un druide dont Marion a fait la connaissance lors d'une retraite à Plovan. Le barbu et sa chouette ont fait le déplacement depuis le Finistère. Les violons de Belgrade ont laissé place aux tambours chamaniques. La galerie-bar à vin a été pavoisée aux couleurs de l'arc-en-ciel. Les convives se rassemblent. Sophia se tient prête à entrer en scène, le bébé serré contre son cœur. En haut des marches qui s'agrippent à la corniche, Sophia aperçoit ses parents, qu'elle a invités à la fête. Elle leur fait signe. Odile s'est remplumée. Elle a bonne mine. Ses cheveux brillent dans le soleil, véritables. Le vent fait battre les pans de sa robe fluide. Elle veille à ce que ses talons ne se prennent pas dans les lattes disjointes de la terrasse. Henri lui donne la main. Il a désormais le teint buriné des retraités qui réchauffent leurs vieux jours dans le Midi. Sophia embrasse son père, puis sa mère :

— Si je suis marraine, alors tu es grand-marraine, non ?

Odile glousse.

— Je peux la prendre ?

Sophia lui confie doucement l'enfant, qui babille.

— Comment s'appelle cette merveille ?

— Iris. En grec, ça veut dire « arc-en-ciel ».

Paul y serait probablement allé de son couplet sur l'arc-en-ciel offert par Dieu aux hommes après le Déluge, pont entre les cieux et la terre, symbole de réconciliation et de paix. Raph aurait brandi le drapeau de la Gay Pride et Marion aurait sans doute déroulé le thème astral de cette enfant au prénom si poétique. Sophia, elle, n'ajoute rien. Elle laisse sa mère savourer cet instant, la joie de tenir ce petit être dans les bras, de s'émerveiller de ce regard émerveillé, de respirer le parfum du fin duvet qui recouvre ce crâne minuscule.

Le druide se racle la gorge :

— Nous allons pouvoir procéder…

Odile berce l'enfant, comme la Bonne Mère sur les hauteurs de la ville. Le soleil, qui décline déjà, dessine une auréole autour de leurs visages radieux.

Une bourrasque soulève les jupes. Le parapente se rapproche à grande vitesse, telle une mouette suicidaire. La chouette hulule. Un mouvement de panique secoue l'assemblée : « Attention ! » Les convives se dispersent dans un hurlement. L'aéronef s'écrase dans le buffet. L'auvent amortit sa chute. La pièce montée de mini-tropéziennes ressemble maintenant à un cumeau jurassien. Bordel de merde ! Les propriétaires accourent. Sophia retient son souffle.

Sous la nappe, ça bouge. Une jambe. Puis un bras. Sophia soupire de soulagement. Agnès aussi : un mort dès l'inauguration, ce n'est jamais bon pour la réputation d'un établissement. Le type, empêtré dans ses toiles, se relève, quelques contusions et le visage ensanglanté.

— Non mais, ça va pas ! Vous avez flingué le buffet !

— Agnès, enfin ! s'indigne Sophia, tu vois bien que monsieur est blessé !

— L'arcade, ça saigne toujours beaucoup, se défend la mère de famille.

Odile et Henri préviennent les secours : « Tout va bien, monsieur ? Rien de cassé ? » Sophia s'improvise infirmière, les serviettes du cocktail pour toutes compresses, sensible à la beauté des traits sous les plaies. Ce sourire, même édenté, est ravageur. Ce visage, même sanguinolent, est le plus séduisant qui soit. Malgré la tapenade, prise dans ses cils, elle jurerait qu'il lui fait les yeux doux. Une main sur le torse, il articule des sons qu'elle ne comprend pas :

— Mal ? Vous avez mal ? tente-t-elle de décrypter.

— Maël, décode Agnès, dont les gamines en bas âge bouffent tous les mots. Il te dit qu'il s'appelle Maël.

Sophia se présente à son tour. Elle caresse le visage du garçon plus qu'elle ne l'éponge. Agnès prétexte des débris de vaisselle à ramasser pour les laisser seuls. Maël tente à nouveau de communiquer. Sans les dents et sans les consonnes. Les syllabes volent autour de Sophia comme des papillons exotiques. De rares spécimens se prennent dans ses filets. Les sirènes se rapprochent. Les pompiers débarquent avant qu'elle ne soit parvenue à déchiffrer le message sibyllin. On sécurise le périmètre. On évacue la terrasse. On remonte l'éclopé sur une civière. Sophia regarde s'éloigner ce drôle d'oiseau, le cœur serré. Le druide est parvenu à calmer sa chouette. Les incantations vont pouvoir reprendre à l'intérieur. Le cercle se reforme autour de l'enfant. Sophia s'élance à la poursuite du brancard : « Je reviens tout de suite ! » Cette fois, elle ne laissera pas passer sa chance. Que cherchait à lui dire cet inconnu tombé du ciel ? Le druide hypocondriaque s'offusque sous sa visière transparente :

— Mademoiselle, on n'attend plus que vous !

— Minute, Panoramix..., soupire Agnès, qui a décidément jeté son sens des convenances avec son alliance sur une aire d'autoroute de l'A6.

Sophia se débarrasse de ses sandales. Sans talons, elle ira plus vite : « Attendez ! » Elle rejoint le camion au moment où les secouristes chargent le jeune homme. Il se redresse, agrippe ses mains. Leurs doigts s'entrelacent. Leurs visages se frôlent. Il murmure, comme un mourant ses dernières volontés. L'échange vire à la partie de *Motus*. Les pompiers se concentrent. On tente de lire sur les lèvres qui commencent à enfler. « Tu aimes la citronnelle ? » « Tu bosses chez AOL ? », « Tu touches les APL ? », « Tu ne t'appelles pas Noëlle ? » Maël articule toujours la même phrase. De sa bouche tuméfiée s'échappe un baragouin désespéré. Sophia s'impatiente : « Vous n'auriez pas un papier et un stylo ? » Les sapeurs secouent la tête. Maël sort son téléphone à l'écran fissuré. De ses deux doigts non fracturés, il tape :

« Tu fais quoi pour Noël ? »

FIN

Remerciements

Je tiens à remercier Laura Biberson et Ariane Geffard qui les premières ont cru en ce texte et lui ont trouvé une maison.

Un grand merci à toute l'équipe de Fayard et en particulier à Margaux Russo et Iris Neron-Bancel, mes éditrices de choc, pour leur regard avisé, leur écoute et leur ouverture d'esprit face à mes idées les plus farfelues.

Mille mercis à Julien Blanc-Gras pour l'atelier foisonnant d'esprit et d'humour où sont nées les premières lignes de *Pêche Aubergine.*

Merci à Stéphanie Hahusseau et Audrey Jarre, amies si chères à mon cœur, sœurs de plume et correctrices cinq étoiles. Merci pour vos lumières, votre intelligence et ce soutien mutuel si nécessaire. J'ai hâte de vous retrouver en librairie.

Merci à Marie de m'avoir offert pour mes 6 ans le petit carnet plein de promesses dans lequel j'ai fait mes gammes et d'avoir accepté de me relire des années plus tard avec tant de justesse, de pertinence et de bienveillance.

Merci à Elise Nebout, Alexandre Lacroix, Charlotte Steisel, Charlotte Milandri, Olivia Elkaim, François-Henri Désérable, qui contribuent ou ont contribué à faire la rue Dante, la maison des auteurs qui n'en ont pas encore.

Merci à Pascaline, Hülya, Evelyne, Julie, Eléonore, Justine, Jennifer, et Laura, mes lectrices de la première heure.

Merci aux « Meilleurs », à mes proches et ma famille pour leur soutien indéfectible dans les (nombreux) moments de doute.

Merci à Rose, ma fée.

Merci à L, I, T&A mes soleils sur la terre comme au ciel.

Enfin, reconnaissance éternelle à celle qui bien que citée en dernier est en fait la première : première lectrice, première éditrice, traqueuse de Participe Présent et d'accord de Participe Passé douteux, première coach, cheerleader, oracle, costumière, maquilleuse, coiffeuse, pilote de formule 1 aussi quand il fallait arriver à l'heure au Conservatoire ou à l'oral de l'Agreg. Ce roman n'aurait sans doute pas été le même sans elle.

À ma *Dance Mom* always, forever <3

PS : Bon allez, petite pensée quand même pour tous les rencards foireux qui ont inspiré ma prose. Sans rancune :-)

Cet ouvrage a été imprimé en France par
CPI Firmin-Didot
16 rue Firmin Didot
27650 Mesnil-sur-l'Estrée (France)

pour le compte des Éditions Fayard
13 rue du Montparnasse, 75006 Paris
en octobre 2024

Photocomposition Belle Page

PAPIER CERTIFIÉ

fayard s'engage pour l'environnement en réduisant l'empreinte carbone de ses livres. Celle de cet exemplaire est de :
550 g éq. CO_2
Rendez-vous sur www.fayard-durable.fr

N° d'édition : 17-3196-3/01 - N° d'impression : 180875